もう逃《に》げない！

朝比奈蓉子・作
こより・絵

PHP

もう逃《に》げない！　目次

医学監修――福土 審（東北大学大学院医学系研究科教授）
装丁――鷹觜麻衣子

1 朝のおなか

ランドセルのよこのベルトに、金属製《きんぞくせい》のフックがついている。低学年のころは、そこに防犯《ぼうはん》ベルをつけていた。今は、小さなお守《まも》り袋《ぶくろ》がさがっている。

毎朝、家を出るまえ、ぼくはそのお守《まも》り袋《ぶくろ》をぎゅっとにぎりしめる。目を閉《と》じて、今日《きょう》一日無事に過《す》ごせますようにとつぶやく。

それから、そっとおなかに手を当てる。

グルグルグルグルと動いているのが、手のひらに伝わってくる。動きが鎮《しず》まるように、何度も深呼吸《しんこきゅう》をくり返す。鎮《しず》まるわけじゃないけど、しないよりいい気がする。

いつからか、朝食をとったあと、必ず下痢《げり》をするようになった。

1　朝のおなか

今朝《けさ》もすでに三回トイレに行った。

「そろそろ八時を過《す》ぎるわよ。だいじょうぶ？」

お母さんが台所から顔を出して、心配そうな声で聞く。そんなことを言われると、よけい気になってしまうんだけどな。

ランドセルを背負《せお》って一歩外に出ると、鈍《にぶ》い灰色《はいいろ》の雲がたれこめていた。歩きだすと、湿気《しっけ》をふくんだジトッと重たい空気が、からだにまとわりついてくる。

降《ふ》るかな、雨。降《ふ》ってほしいな。

空を見上げて、いのるような気もちで思う。今日《きょう》は五時間目に、短距離走《たんきょりそう》のリレーがある。給食のあとだから、またおなかが痛《いた》くなるかもしれない。

走っている途中《とちゅう》でトイレにかけ込《こ》むなんて、サイアクだ。サイアクなことを、ぼくはもう何度もやっている。

もし、今日《きょう》もやったら……、そう思ったとたん、おなかがジクっとした。下腹部《かふくぶ》あたりから、じわじわと痛《いた》みが広がっていく。

このままだと、まちがいなくトイレにかけ込《こ》むことになる。

どうしよう。今なら学校に行くより、家に帰ったほうが早い。

けど、そしたらまた遅刻《ちこく》だ。昨日《きのう》もそうだった。その前も、その前の日もだ。

ったく、どうしてなんだ！　そう思ううちにも、おなかの痛《いた》みはどんどん強くなってくる。

クソッ。ぼくは、たった今出てきたばかりの家へと、U《ユー》ターンした。

背中《せなか》をまるめて、なるべくおなかに刺激《しげき》を与《あた》えないように、急いでそっと歩く。

まてまてまて。まだまだまだ。

どうか、だれもぼくを見ていませんように。

あぶら汗《あせ》をかきながら、家のドアの取っ手を引き、くつをぬぐのももどかしく、トイレにかけ込《こ》んだ。

便座《べんざ》にすわると同時に、茶色い水のような便が出た。

そのとたん、あれほどグズっていたおなかがスッとラクになった。

ふうっと、肩《かた》から力がぬける。

そのままぼくはしばらく動けない。

壁《かべ》の時計《とけい》に目をやると、針《はり》はすでに八時二十分を指している。また遅刻《ちこく》だ。

学校の正門は八時半まで開いているけど、それ以降《いこう》は鍵《かぎ》がかかる。

近ごろ、ぼくはまともに正門から入ったことがない。たいてい、正門わきにある小さな開閉式《かいへいしき》の門から、こっそりと入る。

いつからこんなことになったんだろう。

朝食後、いったん排便《はいべん》しても、玄関《げんかん》でくつをはいていると、またおなかが痛《いた》くなって、あわててトイレへ逆《ぎゃく》もどりしてしまう。

登校途中《とちゅう》で、急に便意をもよおすことも、しょっちゅうだった。

ぼくが一番おそれているのは、トイレが間に合わないことだ。

もし漏《も》らしたら。そう思うと目のまえが真っ暗になる。そんなことになったら、ぼくはもうおしまいだ。

それだけは、絶対《ぜったい》やってはいけない。

そのとき、トントンとトイレのドアをノックする音がした。ドキッとした。

「修《しゅう》ちゃん、またなの？」

お母さんだ。

「もう八時二十分過《す》ぎてるわよ」

わかってるよ、そんなこと。

「お母さん、思うんだけど」

お母さんは、トイレのまえから動こうとしない。

「こう、毎日毎日引き返してくるなんて、どっかわるいんじゃないの」

ぼくを気づかってくれるなら、そこから離《はな》れてくれよ。

「一度、病院に行ってみない？」

「だいじょうぶ、もう出るから」

水を流して、のろのろとズボンを引き上げる。ドアを開けると、まゆをひそめて、心配そうな顔をしたお母さんが立っていた。

「もし、学校に行きたくないんだったら……」

「ちがうって！」

思いがけなく、強い調子になった。

「そう……ならいいけど」

お母さんに心配そうに見送られて、家を出た。

こうなるまえまでは、学校はきらいじゃなかった。くだらない話をして笑い合う友だちもいたし、いっしょにゲームをやる仲間もいた。

でも今は、ぼくが遅刻《ちこく》して教室に入っていくと、となりとひそひそと話をしたり、クスクス笑ったりする声が聞こえてくる。そのたびに、からだがちぢんでしまいそうになる。

カタツムリみたいに、カラの中にかくれてしまえたらいいのにと思う。

覚悟《かくご》して、そうっと教室の戸を開けた。

いっせいに、みんながこっちを見た。

和希《かずき》の顔もあった。

ぼくと目が合うと、和希《かずき》は戸惑《とまど》ったように目をそらせた。

和希《かずき》とぼくは、三年生のとき同じクラスになってから、ずっと仲がよかった。

ぼくが読んでいたマンガを見て、和希《かずき》が、「それ、サイコーだよな！」と言ったのがきっかけだった。四年生になって、二人《ふたり》ともマンガクラブに入った。でも、ぼくがクラスでつまはじきされるようになってから、和希《かずき》はぼくを避《さ》けるようになった。

いっしょに仲間はずれにされたくなかったからだ。

うらんだりしなかった。

そのかわり、マンガクラブをやめた。マンガを読むのもやめた。最後に和希《かずき》と口をきいたのは、いつだったろう。

自分の席へ行こうとすると、

「おう、永野《ながの》か、今日《きょう》も腹痛《はらいた》か？」

先生の声がぼくを呼《よ》びとめた。

「はい……すみません」

消え入りそうになる声を、必死ではげまして答えた。

「たまには、ちがう言いわけをしたらどうだ。頭が痛《いた》かったとか、寝坊《ねぼう》をしたとか」

五年生になって替《か》わった、担任《たんにん》の神林《かんばやし》先生は、繊細《せんさい》さに欠けていると思う。

あちこちで、クスクスと笑う声がする。

「下痢《げり》か」

顔が赤くなるのがわかる。

「はい……」

ほっぺたがチリチリしてきた。

「おまえ、生活態度《たいど》が乱《みだ》れてるんじゃないのか。冷たいものを飲み過《す》ぎたり、遅《おそ》くまでゲームしたりとかしてないか」

「いいえ……」

「とにかく、もう少し気を引きしめて、早寝《はやね》早起きを心がけること。いいな」

だまっていると、「返事は?」と先生の声が追いかけてくる。

「はい……」

こんなことまで、みんなのまえで聞かなくてもいいじゃないか。

ぼくの身にもなってほしい。女子だって聞いてるのに。

悔《くや》しい気もちをのみ込《こ》んで、自分の席に向かう。まわりの冷ややかな視線《しせん》が、チクチクとからだにささる。

席につくと、ほぉっとため息がこぼれた。

いつまでこれが続くんだろう。

お母さんが言うように、ぼくはどこかわるいんだろうか。

ずっしり重たい気分で窓《まど》に目を向けると、いつのまにか細かい雨が降《ふ》りだしていた。

そろそろ梅雨入《つゆい》りか。

ますます気が滅入《めい》りそうだった。

2 逃避《とうひ》

翌日《よくじつ》は、なんとか遅刻《ちこく》せずに学校についた。いつもより早く食事をすませて、トイレにも三回行った。

教室にはすでに半数の子が登校していて、黒板に落書きしたり、風船バレーをしたり、走りまわって鬼《おに》ごっこをしたりしている子もいた。

楽しそうな声ばかりが耳につく。

ぼくだって、あんなときがあったのになと、頭の遠いところで思う。

席につこうとしていたぼくに、

「おっ、永野《ながの》、今日《きょう》はピーピーこなかったのか」

かん高い声がして、まわりで笑いが起きた。ふり返らなくてもわかる。佐伯佑真《さえきゆうま》だ。

先生のまえでは優等生面《ゆうとうせいづら》しているくせに、うらでは下級生とか、おとなしい子をいじめては、面白《おもしろ》がっている。

だれも、正面切って佐伯《さえき》に逆《さか》らわないので、いつのまにか、クラスのボスみたいな存在《そんざい》になっている。

「なあ、そんだけしょっちゅうトイレ通いしてると、ウンチの臭《にお》いしみつくんじゃね」

「そういえば、そんな臭《にお》いしてるかも」

ふんふんと、ぼくの肩《かた》あたりに鼻を近づけて、吉田俊也《よしだしゅんや》が言った。こいつは、佐伯《さえき》の腰《こし》ぎんちゃくみたいなやつだ。

ガツンと、言い返してやれない自分が情《なさ》けなかった。くちびるをかんで、こぶしをにぎりしめると、

「お、怒《おこ》った、永野《ながの》が怒《おこ》った」

吉田《よしだ》が、からかうように声をはり上げた。

みんなの視線《しせん》が、ぼくに集まっていると感じたとたん、ギュルギュルとおなかが

グズりだした。

ヤバい！　ぼくはその場から逃《に》げるようにかけだした。

「おっ、永野《ながの》くん、トイレへ向かってダッシュしております。果たして間に合うでしょうか」

中継《ちゅうけい》でもするように、ゲラゲラ笑いながら佐伯《さえき》がわめいている。

クソッ。ろうかに出て、つきあたりを曲がればすぐにトイレだ。だけど、走ると漏《も》れるおそれがあった。ジトッとおでこに汗《あせ》がにじんできた。もう少しだ、我慢《がまん》だ！　やっとろうかを曲がったときだった。

思いきり、ドスンとだれかにぶつかった。そのひょうしに、ぼくは床《ゆか》にころがり、ランドセルの中身が、あたり一面に散らばった。

次の瞬間《しゅんかん》、ハッとした。みるみる血の気《け》が引いていくのがわかった。しまった！

「ごめん、よそ見して走ってたんで」

申しわけなさそうな声を聞き流して、ぼくは手をついて、ゆっくりと上半身を起こした。ランドセルを肩《かた》からはずすと、そこに置いたまま立ち上がり、そろそろと

トイレのほうへ歩いていった。

「ねえ、ランドセルは？」

うしろで、当惑《とうわく》した声がしていたけど、ふり返る余裕《よゆう》なんかなかった。

個室《こしつ》に入ろうとしたとき、小便をしていた子が、ぼくのほうを見て、ちょっと笑った。

けど、今はそれどころじゃなかった。

パンツをおろすと、思ったほどではなかったけど、うすく色がついていた。

こんなことは初めてだった。

どうしよう。替《か》えの下着なんて用意してないのに。

用を足すと、ぼくはパンツをぬいで、クシャクシャに丸めた。絶望的《ぜつぼうてき》な気もちだった。

丸めたパンツをかたくにぎりしめて、立ち上がった。トイレを出て、二、三歩歩きだすと、

「おぉい」

うしろから声をかけられて、ビクッとした。

ふり向くと、手にランドセルをかかえた男子が立っていた。

「たぶん、これで全部だと思うけど」

ぶつかったときに散らばった、ぼくの教科書やノートを集めてくれたらしい。

「どうも」

ひったくるように、ランドセルを受け取ると、ダダッとかけだした。

だれにも会いたくなかった。こんな姿《すがた》を、見られたくなかった。


どこをどう走ったのか、わからなかった。ただやみくもに走った。気がつくと、知らない道路を歩いていた。

とんでもないことを、してしまった気がした。遅刻《ちこく》はしても、サボったことなんか一度もなかった。

あたりを見まわしても、どこにも小学生の姿《すがた》は見当たらなかった。

もう朝の会が始まったころだ。

そこでは、ぼくがいったん登校したけれど、トイレに行ったきりもどらないと、佐伯《さえき》が報告《ほうこく》する。それを聞いた神林《かんばやし》先生は家に連絡《れんらく》をする。

そろそろお母さんの耳にも入るころだ。

お母さんの、途方《とほう》にくれた顔が、目に見えるようだ。

いやそれより、もしこのことをお父さんが知ったら……。

全身にじわっと汗《あせ》がにじみだした。それをふこうとして、片手《かたて》にまだパンツのかたまりを、にぎりしめていることに気がついた。

「クソッ、こんなもの」

どこかに、捨《す》てるところはないかとさがしていたら、道路の角のコンビニのゴミ箱に目がとまった。

三つ並《なら》んだゴミ箱の中に「燃《も》やせるゴミ」とある。近寄《ちかよ》って、そっと店の中をうかがった。だれもこっちを見ていない。

こんなもの、入れちゃいけないのはわかっている。入れようとした手を、途中《とちゅう》でとめたけど、かまうもんか。

もう一人《ひとり》のぼくが言った。

すばやく、ゴミ箱にパンツをつっ込《こ》んだ。

そして急いでそこを離《はな》れた。

ドクドクドクと、心臓《しんぞう》が音を立てている。

自分が自分じゃなくなっていきそうだった。

どうしよう。今からどこへ行こう。

ポケットをさぐっても、十円玉一個《こ》出てこない。

どこにも、行くところなんかあるわけない。うちに帰るしかないんだ。

チラチラとお父さんの顔が浮《う》かぶ。

学生時代、ラグビーをしていたというお父さんは、今でもがっちりした体格《たいかく》をしている。からだだけじゃない。声もデカい。

どこにいても、お父さんのいる場所はすぐにわかるくらいだ。

大きな建設《けんせつ》会社の課長をしていて、仕事のできないやつは、努力が足りないか、なまけ者だ、というのがお父さんの口グセだ。

お父さんとちがって、ぼくはもともと気が小さくて、なんにでも緊張《きんちょう》してドキドキしてしまう。

大勢《おおぜい》の中にまぎれて、ぜんぜん目立たないときが、一番安心していられる。こんなぼくを、お父さんがどう思っているか知っている。

四年生のときだった。

トイレに起きたある夜、お父さんとお母さんが話している声がして、聞くともなく聞いてしまったのだ。

「修一《しゅういち》のやつ、いったいだれに似《に》たんだ」

いらだったお父さんの声がして、思わずからだがかたくなった。

「ろくに自分の意見も発表できないなんて、なんて情《なさ》けないやつだ」

「気が弱いのよ、あの子。大きくなるにつれて、性格《せいかく》も変わるっていうから、そんなに心配しなくっても」

「なんで、あんな意気地《いくじ》のない子に育ったんだ。あれでもおれの息子《むすこ》か」

父親参観だったその日、お父さんは会社をぬけ出して、学校へきた。

日ごろいそがしくて、仕事以外はほとんどお母さんまかせだったお父さんが、たまには、学校での息子《むすこ》のようすを、見てみようと思ったのだろう。

タイミングわるく、ちょうどぼくが先生に当てられたところだった。

この日は、学校の図書室で借りた本を読んで、その本の感想を発表することになっていた。ぼくはノーベル賞受賞者について書かれた『大村智《おおむらさとし》ものがたり　苦しい道こそ楽しい人生』という本を読んだ。感想文も考えて、まえの日に発表する練習もしていた。

なのに、当日になって、おおぜいの親が教室に集まっているのを見て、急にこわくなった。緊張《きんちょう》で頭が真っ白になって、考えていた言葉がひと言も出てこなかった。

「思ったことを言えばいいのよ」

担任の女の先生は、やさしくぼくをうながした。

みんなが、ぼくが何か言うのを待っていた。ますます追いつめられたような気がした。

からだがカチカチにかたまり、のどにものをつっ込《こ》まれたみたいだった。

どのくらい、そうしていたのだろう。

先生の、「じゃあ、ほかの人に聞きましょうか」という声で、呪《のろ》いが解《と》けたように力がぬけた。

家に帰ってからのお父さんは、ひどく機嫌《きげん》がわるかった。見下したような目でぼくを見て、チッと舌《した》を鳴らして顔をそむけた。

おまえみたいなみっともないやつは、おれの息子《むすこ》じゃない。顔を見るのも不愉快《ふゆかい》だ。

口に出さなくても、そう思っているのがわかった。

ぼくは、お父さんの子どもにふさわしくないんだ。そう思うと、悔《くや》しくてつらくて悲しかった。

その日以来、お父さんのぼくを見る目が変わった。そしてぼくは、お父さんが家にいると思うだけで、重苦しい気もちになった。

3　ストレス性《せい》の腹痛《ふくつう》

公園でしばらく時間をつぶしていたけど、雲行きがあやしくなり、やがて小雨《こさめ》が降《ふ》りだした。

雨やどりするような場所もなく、重い足を引きずるようにして家にもどった。

家のまえまでくると、見おぼえのある、白いステーションワゴンが停《と》まっていた。

車体のよこに「ベビー本舗《ほんぽ》」とかかれている。すぐるおじさんだ。

お父さんの弟で、三年まえ、友人とベビー服を作る会社を立ち上げた。まだ独身《どくしん》だけど、子どもが大好きで、それが会社を作るきっかけになったそうだ。

いつもいそがしそうにとびまわっているけど、ちょっと時間があくと、今日《きょう》みたいに、ひょっこり家をたずねてきたりする。

お父さんとちがって、すぐるおじさんは気さくで、明るくて、気軽に話せるので大好きだ。

でも今日《きょう》だけはだれとも会いたくなかった。そっと玄関《げんかん》のドアを開けると、白いスニーカーが、あがり口にきちんとそろえられている。

このまま二階に上がってしまえば、気づかれずにすむかもしれない。

ぼくは、足音を立てないように階段《かいだん》をのぼり、自分の部屋《へや》に入った。ドアを閉《し》めると、ほぉっとからだじゅうの力がぬけていった。ランドセルを机《つくえ》に投げ出し、ベッドにひっくり返った。

目を閉《と》じると、学校でのできごとが、頭の中いっぱいによみがえる。佐伯《さえき》と吉田《よしだ》の、バカにしたような笑い声。ろうかでぶつかった瞬間《しゅんかん》の衝撃《しょうげき》。

あのときの絶望的《ぜつぼうてき》な気もちが、邪悪《じゃあく》な影《かげ》のように襲《おそ》いかかってくる。と同時に、ジクジクとおなかがグズりだした。ああ、まただ。ため息が出た。

せっかく、細心の注意をはらってのぼった階段《かいだん》を、もう一度おりるなんて。

あきらめて、部屋《へや》を出ようとして下着をつけてないのを思い出した。また部屋《へや》にもどり、パンツを持って一階のトイレへ向かった。

用を足すと、おなかの中が空っぽになったみたいだった。

手を洗《あら》って、二階へ上がろうとしたところへ、ひょいとすぐるおじさんが現《あらわ》れた。

「よお」

片手《かたて》を上げて笑いかけてくる。

三十代半ばになるのに、学生にまちがえられるくらい若々《わかわか》しい。お父さんと年が離《はな》れているすぐるおじさんは、ほっそりとしたからだつきで、おしゃれにも気をつかうイケメンだ。

トイレの水の音で気がついたのだろう。

バツがわるかったけど、こんにちはと頭をさげた。

「あれあれ、なんか元気がなさそうだぞ」

おじさんは、ぼくの肩《かた》に手をかけて、顔をのぞき込《こ》んだ。

「さては何かあったな」

「学校……サボっちゃった」

やけくそになって言った。

「ほう、修《しゅう》ちゃんにしては、思いきったことをしたじゃないか。どうしたんだ？」

「おなかが痛《いた》くて……下痢《げり》もするし……」

「何か食べ物にでもあたったのか？」

「ううん、しょっちゅうなんだ」

「そいつはよくないな」

おじさんは、ぼくのおなかのあたりを見た。

「どういうときに痛《いた》くなるって？」

「えっと、朝、学校に行かなくちゃって思うと、グルグルとおなかが鳴って、このへんがキリキリ痛《いた》くなって」

ぼくは、おなかの右下あたりをさすった。

「明日《あした》が授業《じゅぎょう》参観日とか、テストとか、先生に当てられそうなときとか、ちょっと緊張《きんちょう》するときにも、やっぱりくる。あと……」

「ん？　何？」

「ううん、なんでもない」

お父さんの機嫌《きげん》がわるいときにも、と言おうとしてやめた。そんなこと言ったら、よけいな心配をかけるだけだ。

「そっか、待てよ。そういえば、おれもあったな、そういうこと」

「え、ほんと？」

「ああ、引き出しの奥《おく》にかくしてた答案用紙を、親に見つけられたときとか、上級生から呼《よ》び出されたときとかさ」

おじさんは、腕《うで》を組んでじっとぼくを見た。

「けど、おれとはだいぶ事情《じじょう》がちがうようだな」

首をひねって、うーんとうなった。

「修《しゅう》ちゃんは、真面目《まじめ》すぎるのかもしれんな。もっと、こう肩《かた》の力をぬいて」

おじさんは、ぼくの肩《かた》に手をかけてゆさゆさとゆすった。

「気もちを大きく持てよ」

「おじさんは……気もちがへこむってこと、ないの？」

「そりゃあるさ。こう見えて、繊細《せんさい》な神経《しんけい》をしてんだぞ。けど、おれ、そんなときの特効薬《とっこうやく》を持ってんだ」

「特効薬《とっこうやく》？」

「うん、これがすごく効《き》くんだ。修《しゅう》ちゃんも試《ため》してみるか？」

そんなもの、ぼくに効《き》くわけがない。

ぼくとおじさんとじゃ、落ち込《こ》む内容《ないよう》がぜんぜんちがうよ。

「今度くるときに、持ってきてやるよ。だまされたと思って、試《ため》してみろよ」

ポンとぼくの肩《かた》をたたくと、おじさんはトイレのドアの取っ手に手をかけた。

なんだ、トイレがかち合っただけだったのか。

おじさんは、お母さんが淹《い》れたコーヒーを、うまいうまいとさかんにほめちぎってから、

「じゃあ、そのうち連れてくるので、おねえさん、そのときはよろしく」

両手を合わせて、頭をさげた。

「はいはい、期待して待ってるわよ」

お母さんの返事に、安心したようすで、

「修《しゅう》ちゃん、リラックス、な」

と、ぼくの髪《かみ》をクシャクシャになでまわして、帰っていった。

「ねえ、そのうち連れてくるって、だれを？」

気になってたずねると、

「それがね、すぐるさんに、念願の彼女《かのじょ》ができたんですって。勇気を出してプロポーズしたらしいんだけど」

お母さんは、面白《おもしろ》そうに顔をほころばせた。

「まだ返事がもらえなくて、あせってるらしいの。でね、ここに、その彼女《かのじょ》を連れてくるから、自分のいいところを、うんとアピールしてくれないかって言うのよ。これが、その買収用《ばいしゅうよう》のクッキーですって」

デパートの包装紙《ほうそうし》がかけられた包みを開けながら、お母さんが言った。

へえ、おじさん、結婚《けっこん》するのか。

ちょっとさみしい気もした。おじさんを、知らない女の人に、取られるような気がしたのだ。

「あら、おいしそう」

箱の中には、ナッツやドライフルーツを練り込《こ》んだ焼き菓子《がし》が、どっさり入っていた。

お母さんは、うれしそうに口元をゆるめたけど、すぐにその顔を引きしめた。

「修《しゅう》ちゃん、先生から連絡《れんらく》があったわよ。一度教室にきたらしいけど、すぐに帰ったって。またおなかが痛《いた》くなったんでしょ。もう、いくら修《しゅう》ちゃんがイヤだと言っても、お母さん力ずくでも病院に連れていくわよ」

一歩もあとには引かないというように、ぼくをにらみつけた。

「それとも、学校に行きたくなくて、おなかが痛《いた》いって言ってるの？」

「そんなわけないだろ！」

思わずカッとなって、どなってしまった。

こんなにつらいのに、お母さんは仮病《けびょう》だと思っているのか。

「じゃ、病院に行くわね。今から行けば、午前中の診察《しんさつ》になんとか間に合うから」

柱時計《はしらどけい》に目を走らせると、お母さんは立ち上がりながら、エプロンをとった。

もう行くしかなかった。


消化器内科の病院だった。

お母さんは、あらかじめ、近所で評判《ひょうばん》のいい病院を、人づてに聞いていたらしかった。

平日の午前中の病院が、こんなに混《こ》んでいるとは知らなかった。

それも、高齢《こうれい》の人たちが多い。そんな中で小学生のぼくは目立っていたと思う。

四十分ほど待って、ぼくとお母さんは診察室《しんさつしつ》に呼《よ》ばれた。

「どうしました？」

ゴツゴツと四角い顔立ちをした、頭のはげた男の先生が、ぼくとお母さんを交互《こうご》に見て聞いた。

「はあ、この子のことなんですが」

お母さんが、チラッとぼくのほうを見て、困《こま》ったようにまゆ根を寄《よ》せた。

「しばらくまえから、学校に行く時間くらいになると、腹痛《ふくつう》をうったえまして、何度もトイレにかけ込《こ》むんです」

今日《きょう》、漏《も》らしたことは言えなかった。

「しばらくというと、三カ月以上ですか？」

お母さんがぼくをふり返った。ぼくが小さくうなずくと、

「はい、たぶんそうだと思います」

「なるほど」

先生は、パソコンにお母さんの言ったことを打ち込《こ》んでいく。

「それは朝だけかな？」

今度はぼくのほうを向いて聞く。

「あ、いえ……学校に行ってもときどき」

「なるほど。トイレに行くと、痛《いた》みはおさまるの？」

「はい」

「それで、いきなり何回も、トイレに行くようになったの？」

「いえ、最初は一回だったけど、だんだん増《ふ》えていって……」

「便は下痢《げり》状《じょう》のもの？　それともコロコロ？」

「あ、下痢《げり》、です」

「以前から下痢《げり》をすることがあったの？」

「いえ、ないです」

「便に血液《けつえき》がついていたりする？」

「え、いえ、ついてない……と思います」

「夜中はどう？　腹痛《ふくつう》がある？」

「いいえ、ありません」

「なるほど。じゃあ、そこによこになってもらおうかな」

言われたように、おそるおそる、ぼくはベッドによこたわった。

先生は、ぼくの下着のシャツをめくり、手のひらでおなかのあちこちを押《お》した。

「ここは、痛《いた》い？」

「いいえ」

「ここはどう？」

「あ、少し」

「うん、少しガスがたまってるようだね」

先生の手は、何かをさぐり当てるように、ぼくのおなかを、すみずみまでさわっていった。これで、何かがわかるのだろうか。

もういいよ、と言われて、ホッとしてベッドからおりた。

「念のため、少し検査《けんさ》をさせてもらおうと思いますが、いいですか」

「あの、何かわるい病気なんでしょうか」

お母さんが、こわごわと聞いた。

「いや、多分、どこもわるいところはないと思います。だけど、症状《しょうじょう》はちゃんとあるんだよね」

先生は、確《たし》かめるようにぼくのほうを見た。

「何かイヤなこととか、つらいことが身近にあると、それがストレスになって、腹《ふく》痛《つう》や下痢《げり》、便秘《べんぴ》といった、不快《ふかい》な症状《しょうじょう》を引き起こす人がいます。過敏性腸症候群《かびんせいちょうしょうこうぐん》と呼《よ》ばれていて、近ごろではお子さんにも、増《ふ》えているようですね。何か、心当たりとか、ありませんか？」

「さあ」

ほっぺたに手を当てて、お母さんは考え込《こ》んでいる。

「治療《ちりょう》をすれば、治るんですよね？」

「食事や薬で、症状《しょうじょう》をコントロールすることは可能《かのう》ですが、これといって、有効《ゆうこう》な治療法《ちりょうほう》がないのが現状《げんじょう》です」

「じゃあ、このままずっと……」

お母さんは、なんともいえない表情《ひょうじょう》でぼくを見た。なんてやっかいな病気を、かかえ込《こ》んじゃったの、とその顔はいっていた。

「できれば、ストレスを解決《かいけつ》するのが一番いいんですがね」

「はあ……」

「きみも、気にし過《す》ぎないようにね。この病気とうまくつきあっていくには、緊《きん》張《ちょう》し過《す》ぎたり、あせったりしないで、気もちを明るく持つことが大事なんだよ」

先生は、ぼくにさとすように言った。

診察《しんさつ》のあと、今日《きょう》受けられる検査《けんさ》をして、来週結果を聞きにくることになった。

病院を出ると、疲労感《ひろうかん》がどっと押《お》し寄《よ》せてきた。すでに一時を過《す》ぎていた。

ハンドルをにぎりながら、お母さんはさっきから、ため息ばかりついている。

細かい雨つぶが、フロントガラスいっぱいについて、視界《しかい》がわるくなっているのに、それにも気がついていないようだった。

「雨」

ぼくが言うと、ハッとしたようにワイパーを作動させた。雨つぶがスッとぬぐわれて、外の景色《けしき》がくっきりとした。

「ねえ、修《しゅう》ちゃん」

「うん？」

「修《しゅう》ちゃんのストレスって……もしかしてお父さん？」

ドキンとした。すぐには答えられなかった。

たしかに、お父さんがそばにいるだけで緊張《きんちょう》して、おなかが痛《いた》くなることがある。

でも学校で、ぼくのうわさをされてると思うと痛《いた》くなるし、指される順番がまわってくるときも痛《いた》くなる。

「わかんないよ、でも……」

「何？」

「今日《きょう》のこと、お父さんには言わないで」

もし知ったら、お父さんはますますぼくを弱い人間だと思うだろう。今まで以上に軽蔑《けいべつ》するだろう。これ以上、失望されるのはイヤだ。

お母さんは、何十回目かのため息をついた。

「わかった。お父さんには、しばらくだまっていましょう」

お母さんは、まえを向いたまま言った。

その日、お父さんが帰ってきたのは、十時を過《す》ぎていた。

すごく疲《つか》れているみたいで、食事もほとんどとらないで、シャワーだけ浴びて寝《ね》てしまった。ぼくのことなど頭にないのが、ありがたかった。

4 交換条件《こうかんじょうけん》

昨日《きのう》は、漏《も》らしたショックで学校をとび出してしまったけど、考えてみたら、ぼくが漏《も》らしたことは、だれも知らないことだった。

だから、昨日《きのう》のことは忘《わす》れてしまえばよかった。あんなことは、なかったことにしてしまえばいいんだ。

病院の先生も、気にし過《す》ぎないことだって、言ってたじゃないか。

でも、もしマット運動のとき、開脚《かいきゃく》前転をすることになったら……。

もし、チームで長縄《ながなわ》とびをすることになったら……。

考えただけで、不安が際限《さいげん》なく広がっていく。休みたかった。一日中、この部屋《へや》で過《す》ごせたら、どんなに気もちがラクだろう。

下着の替《か》えのパンツを、こっそりランドセルの底にしのばせた。

これを使うことがないように、いのるしかなかった。

大きく息を吸《す》い込《こ》んで、いつものように、ランドセルにつけたお守《まも》り袋《ぶくろ》をにぎろうとした。

「ん？」

お守《まも》り袋《ぶくろ》が手にふれなかった。

あわててランドセルをおろして見ると、ついているはずのお守《まも》り袋《ぶくろ》が、どこにもない。

どうして？　昨日《きのう》まではたしかにあったのに。

手もとにないと思うと、ますます不安になった。何かわるいことのまえぶれ？

そう思ったとき、あっと思い出した。

そうか。昨日《きのう》ぶつかったときに、はずれたんだ。きっと、ろうかのすみっこにでも、とんでいったんだ。

小学校にあがるとき、福岡《ふくおか》のおばあちゃんが、ランドセルを贈《おく》ってくれた。そのとき、中にお守りも入っていたのだ。

「修《しゅう》ちゃんを守ってくれるからね」と、おばあちゃんが言ってくれたのを信じて、ずっと大事にしてきた。

毎朝、あれをにぎると、少しだけ気もちが落ちついた。

だれかに拾われるまえに見つけないと。

あせって学校に向かった。

ランドセルを置くのももどかしく、ぶつかった場所へと急いだ。

念入りに、ろうかのすみずみまでさがした。

けど、どこにもなかった。

掃除《そうじ》のときに捨《す》てられたのだろうか、それともだれかに拾われたのか。

そういえば、あのとき、散らばった教科書やノートを、拾ってくれたのはだれだったんだろう。あわてていて、顔もおぼえていなかった。

あきらめて教室に向かったけど、お守りをくれたおばあちゃんの気もちまで、踏《ふ》みにじったような気がした。

「よう、ミスター・トイレット！」

席につくとすぐに、佐伯《さえき》のからかう声がとんできた。

「今日《きょう》はオムツしてきたかぁ」

「永野《ながの》くん専用《せんよう》の個室《こしつ》、作ってあげたほうがいいんじゃないスか」

すかさず、イヤミたっぷりに吉田《よしだ》があとを続ける。

きっとみんな、ぼくをバカにして笑ってるんだ。そう思うと、ほっぺたがチクチクした。

「おう、永野《ながの》、珍《めずら》しくまともにきてるじゃないか。こようと思えばこられるってことだな」

教室に入って全体を見まわした先生も、ぼくの顔を見ると、皮肉っぽく言った。

みんなが、ぼくのトイレ事情《じじょう》を笑いものにしていた。机《つくえ》の下で、つめがくい込《こ》むくらい力いっぱいこぶしを作った。

給食のあと、トイレに行って教室にもどる途中《とちゅう》だった。

手洗《てあら》い場《ば》で、給食用のランチョンマットを洗《あら》っている男子がいた。給食のおかず
でもこぼしたのか、石けんをつけて、せっせとこすっている。

ふと見ると、その子がはいているハーフパンツのベルト通しに、小さな袋《ふくろ》がぶら
さがっていた。

「あ……」

ぼくのお守《まも》り袋《ぶくろ》に、すごく似《に》ていた。いや、まちがいなくぼくのだ。

「あの、それ……」

声をかけると、その子は顔だけをこっちに向けた。ハムスターのような、黒いク
リッとした目が、キョトンとしたようにぼくを見た。

「あの、そのお守《まも》り袋《ぶくろ》……」

「え？」

その子は自分の腰《こし》に目をやった。

「これのこと？」

「うん、たぶん、昨日《きのう》、ろうかでぶつかったとき、ぼくが落としたんだと思う。さがしてたんだ」

「ふうん」

その子は、ランチョンマットを洗《あら》う手をとめて、ジロジロとぼくを見た。

なんだか、品定《しなさだ》めでもされてるみたいだった。

「おまえのだっていう証拠《しょうこ》、ある？」

「え……そんなのは……あ、でも中に入ってるのは、木でできたちっちゃなお地蔵《じぞう》さまで、手を合わせたところが、ちょっと欠けてて」

その子は、ランチョンマットをしぼると、それを手洗《てあら》い台《だい》に置いて、ちょっと考えるような表情《ひょうじょう》をした。

「ふうん、そっか、これおまえのか」

そう言うと、ベルト通しから、お守《まも》り袋《ぶくろ》のヒモをはずして、ぼくのまえにつき出した。

「ほら」

ぼくがつかもうと手を伸《の》ばすと、ひょいと上に持ち上げた。

「返してよ」

もう一度手を出すと、今度はスッとよこにずらした。

「なんだよ」

キッとにらみつけると、へへと笑った。

「けっこう気に入ってたんだよなあ、これ」

お守《まも》り袋《ぶくろ》を、自分の目の高さまで持ち上げると、フラフラとふってみせた。

「おまえには、すげえ大事なものみたいだけど、もしおれが拾ってなかったら、捨《す》てられてたかもな」

「お礼をしろってこと？」

「いやいや、そんなこと言ってない。ただ、ちょっとしたたのみを、きいてくれないかなあと思ってさ」

イヤな気分になった。相手の弱みにつけ込《こ》んでくるなんて。

「もし、手伝《てつだ》ってくれたら、めっちゃ助かるんだ」

何をしろというんだ。

ぼくの顔に、疑《うたが》わしそうな色が浮《う》かんでいたのだろう。

「あ、わるいこととかじゃ、ぜんぜんないからな」

そいつは、自分の顔のまえでバタバタ手をふった。

「今日《きょう》の放課後とか時間ある？　説明するからさ」

お守《まも》り袋《ぶくろ》をぼくの手のひらにポトンと落として、ニッと笑った。

くせっ毛なのか、頭のてっぺんの髪《かみ》がピンピンはねていた。


お守りが返ってきて、ほっとした。

二度と落とさないように、今度は肩《かた》ベルトのまえのフックに巻《ま》きつけて、ベルトの内がわに押《お》し込《こ》んだ。

でも、ぼくにたのみってなんだろう。

またおなかがジクジクしてきた。

放課後、校門のまえで待っていると、あいつが走ってやってきた。

「お待たせ。じゃあ、行こうか」

「え、行くって、どこに？」

「歩きながら説明するよ。あ、おれ五年生の加瀬陸人《かせりくと》。みんなリクって呼《よ》んでる。おまえも、そう呼《よ》んでくれていいから」

「あ、うん」

「ええっと、どこから話すかな。うん、おれんちの近所に、一人暮《ひとりぐ》らしのばあさんがいてさ、その人、犬を飼《か》ってんだ。いつも、犬に引きずられるように歩いてて、なんか危《あぶ》なっかしいなと思ってたんだけど、ちょうど、おれが自転車でその家のまえを通りかかったときだよ、いきおいよく走りだした犬に、ついていけなくて、バタッところんじまったんだ。主人が動けなくなって、犬はパニクって吠《ほ》えまくってさ。おれ、サッカーの練習に行くところで、急いでたんだけど、助けをもとめるように、顔を上げたばあさんとおれの視線《しせん》が、バッチリ合っちゃって」

「ふうん」

「しょうがないから、自転車をおりて、ばあさんを助け起こして、家の中まで肩《かた》を貸《か》したんだ。そしたら」

「そしたら？」

「家にあがれって言って、戸棚《とだな》に生姜《しょうが》クッキーがあるから食べろとか、冷蔵庫《れいぞうこ》に冷たい甘酒《あまざけ》があるから飲めとか言って、どんどんおれにすすめるんだ」

「うん」

「気がついたら、いつのまにか、翌日《よくじつ》から、おれが犬の散歩をすることになってたんだ」

ほっぺたと口をふくらませて、リクは不満そうに言った。

「へえ」

思わず吹《ふ》き出しそうになった。

口はわるいけど、あんがい、いいやつかもしれないと思った。

「おれ、犬は好きだし、なついてきたらすげえ可愛《かわい》いし、けど、サッカーの練習に遅刻《ちこく》ばっかしてさ、いっつもコーチにどなられてんだ」

「友だちに、たのめば？」

「サッカーやってるやつは、おれと同じで練習があるし、あとは、ガサツなやつばっかなんだよ。犬の気もち、わかってねえっていうか」

「ぼくが犬の気もちがわかるって、どうして思うの？」

「カンだよ。ていうか、落としたお守《まも》り袋《ぶくろ》、さがしてるっていうの聞いて、きっとマックのことも、あ、これ犬の名まえな、大事にしてくれるんじゃないかと思ったんだ。おれの第六感、けっこう当たるんだ」

「ふうん」

「だからさあ、おまえがちょっとでも代わってくれると、おれとしてはすっげえうれしいなあと」

リクは手を合わせて、期待をこめた目でぼくを見る。

うーん、犬の散歩かぁ。

まっすぐ家に帰っても、どうせたいしたことはしてないし、お母さんと二人《ふたり》でいても、おなかの心配されるばっかりだし。

いっそ、犬と散歩するほうが楽しいかもしれない。あんまり遠いところだと困《こま》るけど。

「そのおばあさんの家って、どこ？」

「ここ」

えっ、と立ちどまったところは、坂道の角に建つ、古びた家のまえだった。

5　関《せき》さんとマック

板壁《いたかべ》と、くすんだ赤い屋根の二階建ての家だった。

家のまわりには、木の柵《さく》が張《は》りめぐらされ、柵《さく》ごしに見える庭は、コンクリートの駐車場《ちゅうしゃじょう》と、そこに置かれた緑色の小屋が見えるだけで、あとは草でおおわれていた。

「ほら、あれがマックの家。行こう」

リクは緑色の小屋を指さした。

「え、ちょっと待って。ぼくはまだ」

ぼくの声を無視《むし》して、リクはもうさっさと、庭へ向かっている。

ブロックの門柱をぬけ、玄関口《げんかんぐち》までの小道には、赤茶色のレンガが敷《し》かれていたけど、そこも雑草《ざっそう》だらけだった。

リクが小道に足を踏《ふ》み入れると、すぐに緑色の小屋から犬がとび出してきた。

うす茶色の中型犬で、ふさふさした毛並《けな》みにはつやがあった。

「よお、マック」

リクが犬のまえにしゃがみ込《こ》んで、耳のうしろをかいてやると、犬はちぎれるくらいしっぽをふって、リクのまぶたを、口を、鼻をベロベロとなめまくった。

「マックは、家の中がきらいでさ、外に出たがるから小屋につながれてるんだ」

リクが説明していると、外の気配に気づいたのか、駐車場《ちゅうしゃじょう》に面したガラス戸が、カラカラと開いた。

いくつくらいの女性《じょせい》だろう。白髪《しらが》まじりの髪《かみ》を、クルクルとお団子《だんご》にして、頭の上にのっけている。ややタレ気味の目と、ふっくらしたほほが、やさしいおばあさんという印象だった。若草色《わかくさいろ》のT《ティー》シャツと、くるぶしまである濃《こ》い緑色のスカートが、ほっそりしたからだによく似合《にあ》っていた。

「今日《きょう》は早いのね、あら、お友だちもいっしょ？」

「あ、こいつは、えっと」

リクはぼくのほうを見て、なんだっけという顔をした。

「五年の永野修一《ながのしゅういち》」

「関《せき》さん、おれがこれないときは、こいつが代わりにマックの散歩をしますから」

このおばあさん、関《せき》さんていうのか。

「まだするって言ってないよ」

ぼそぼそと言うと、

「まあ、そうなの。わるいわねぇ」

関《せき》さんに、にこにこしてそう言われて、断《ことわ》れなくなった。

月曜、水曜、金曜、日曜に、サッカーの練習がある。できれば、平日の三日間、マックの散歩を引き受けてほしい、とリクは言った。

「ちょっとだけじゃなかったの？」

「あんまり正直に言うと、断《ことわ》られると思ってさ」

リクは、頭をかいて、へへと笑った。

マックは耳を立てて、興味《きょうみ》深そうにこっちを見ている。

「マックって、ちょっとタレ目なところとか、飼《か》い主《ぬし》の関《せき》さんに似《に》てるだろ」

そういえば、おっとりした雰囲気《ふんいき》も、どことなく似《に》ている。

「で、どう？　引き受けてくれるか？」

お守《まも》り袋《ぶくろ》を拾ってもらった弱みもあるし、それ以上にマックに関心があった。

「うん、やってみるよ」

「ヒャッホー！　サンキュ！」

リクはとび上がってよろこんだ。

関《せき》さんにも、よろしくね、とお願いされて、くすぐったい気もちになった。

そっとマックの背中《せなか》をなでてみた。

そしたら、ベロンと手をなめて、ぼくを見上げた。その目がすごくやさしかった。

マックからも、よろしくね、と言われた気がした。

この日は木曜日だったので、ぼくは明日《あした》からくることになった。

途中《とちゅう》まで、リクとマックの散歩につきあって、交差点で別れた。

二人《ふたり》と別れたあと、知らないうちに小さくハミングしていた。自分の足取りが、いつもより軽いことに気がついた。

久《ひさ》しぶりに、ウキウキした気分だった。

でも、それも長くは続かなかった。

玄関《げんかん》のドアを開けると、お父さんの黒く光るくつがあった。

とたんに、トクンと胸《むね》が鳴った。

こんなに早く帰ってくるなんて、何かあったのかな。

いつもなら、まず居間《いま》に行ってランドセルをおろし、手を洗《あら》っておやつを食べる。

でも、お父さんのよこでおやつを食べる気になれなくて、そのまま二階に上がった。

「ごはんよ」とお母さんの声がするまで、部屋《へや》から出なかった。

下におりると、夕飯の用意はできていたけど、お父さんは居間《いま》のテーブルのまえにいた。

まだ、スーツ姿《すがた》のままだった。書類を広げて、険《けわ》しい表情《ひょうじょう》でにらみつけている。

やがてツッとテーブルに置いたスマホを手に取ると、切迫《せっぱく》したようすでどこかにかけ始めた。

しばらくはふつうに話していたけど、急に声の調子が変わった。

「なんだとぉ！　おれたちが、遊んでるとでも思ってるのか！　バカにするな！」

ドクンと心臓《しんぞう》がはねた。

怒気《どき》をふくんだ声が、あたりの空気をふるわせるほどだった。

お父さんは、電話に言葉をたたきつけるようにしゃべっていた。

会社でもあんな声を出すのだろうか。みんな、どんな気もちで聞いているんだろう。

いつまでも終わらない電話のよこで、ぼくとお母さんはおはしをとったけど、大好きなエビフライがのどにつかえて、ほとんど食べられなかった。

早々にごちそうさまをして、二階にもどった。


次の日、お父さんは、ぼくが起きたときには、もう出かけたあとだった。

朝食も食べずに、出勤《しゅっきん》したそうだ。

昨日《きのう》のことを思い出すと、イヤな気分になった。からだも重たかった。あまり眠《ねむ》れなかったせいかもしれない。

冷たい牛乳《ぎゅうにゅう》を飲むと下しやすいので、温めてゆっくりと飲んだ。それでもいつものゴロゴロがきて、しばらく便座《べんざ》にすわっていた。

もうだいじょうぶ。何度も自分に言い聞かせ、深呼吸《しんこきゅう》をくり返した。

かなり早めに家を出た。

信号をわたって、そのまままっすぐ行けば学校だけど、ぼくは通学路をはずれて、信号の手まえを左に曲がった。

マックに会ってから、行こうと思った。

マックの顔を見たら、元気が出そうな気がしたんだ。

関《せき》さんの家は、ここから歩いて七、八分の距離《きょり》だ。遅刻《ちこく》することはないだろう。

昨日《きのう》の道すじを逆《ぎゃく》にたどっていくと、関《せき》さんの家の柵《さく》が見えてきた。

柵《さく》の間からのぞくと、マックはちょうど食事中だった。うつわの中に顔をつっ込《こ》んで、夢中《むちゅう》でえさを食べている。

「マック」

小さな声で呼《よ》んでみた。

ピクンとマックの耳がはねた。顔を上げて、声がしたほうをさがしている。

「ここだよ、マック」

ぼくは、柵《さく》の中に手を入れて、まわりの雑草《ざっそう》をゆすった。

マックとぼくの目が合った。

「やあ、マック、おはよう」

リードを引きずって、柵《さく》のすぐ手まえまでマックがきた。それ以上は、リードが届《とど》かないみたいだ。

「ちょっと寄《よ》っただけなんだ。またあとでくるからね」

ぼくは、柵《さく》の中にからだを半分入れながら、せいいっぱい手を伸《の》ばした。その指先を、マックがペロペロとなめた。

くすぐったくて、思わずからだをくねらせて、声を上げて笑った。

さっきまでの暗い気分が、一瞬《いっしゅん》で消えた。

「じゃあ、行ってくるよ、マック」

手をふってバイバイをすると、ぼくは思いきりかけだした。マックに、魔法《まほう》をかけてもらったみたいだった。

6　おなかと脳《のう》の関係

毎朝、マックに会ってから学校に行った。

月曜、水曜、金曜は、夕方にも会う。

マックとの散歩は楽しかった。

ぼくがきたのがわかると、マックはしっぽをふりまくって、待ってたよ！　とばかりにとびついてくる。散歩に行きたくて、待ってるのはわかってるけど、こんなによろこんでくれる相手がいるなんて、それだけで心が浮き立った。

家を出て左にまっすぐ進むと、東西に走る川があり、十五分ほど行くと橋がある。それをわたって、もどってくるのが散歩コースだけど、マックは川沿《かわぞ》いの草むらにオシッコをしたり、だれかが捨《す》てたカップアイスのカラに鼻をつっ込《こ》んだり、草にからだをこすりつけたり、散歩中の犬と、お互《たが》いにおいを嗅《か》ぎ合ったりして、まっすぐ帰るというわけにはいかない。

四十分くらい散歩してもどると、関《せき》さんがおやつを用意して、待っててくれる。

それも、ちょっと変わったおやつばかりだ。

ドライいちじくとか、ドライオレンジとか、干《ほ》しバナナチップとか、干《ほ》し梅《うめ》とか、生姜《しょうが》あめとかだ。それらが、温かい緑茶といっしょに出てくるのだ。うちでは食べたことのないものばっかりだった。

食べてみると、自然な甘《あま》みや酸《す》っぱさが、口の中にじんわりと広がって、かみしめるほどにおいしかった。

「お口に合うかしら」

関《せき》さんは小首をかしげて、ぼくがドライオレンジを食べるのを見つめる。

「とってもおいしいです」

ぼくは、あわてて答える。

「まあ、よかった。年寄《としよ》りくさいおやつだと思われないかと、心配だったのよ」

おっとりした口調で言って、外のマックにやさしい視線《しせん》を向ける。

「マックは、リクくんや修一《しゅういち》くんに、お散歩に連れてってもらって、幸せだわ」

関《せき》さんは、緑茶を飲みながら、ほのぼのと笑う。

ぼくのほうこそ、マックと散歩できて、とっても幸せです。

胸《むね》の内でつぶやいて、ぼくもゆっくりと緑茶を飲む。

部屋《へや》には、いい香《かお》りがただよっていて、心とからだをやわらかくほぐしてくれる。

ここにいると、おなかのことをすっかり忘《わす》れてしまうようだった。

できるなら、毎日でもここにきたいと思った。


消化器内科を受診《じゅしん》して一週間がたち、お母さんと検査《けんさ》の結果を聞きに行った。

「どこにも異常《いじょう》はありませんね」

先生は、検査《けんさ》結果の画像《がぞう》を見て、お母さんに言った。

それから、ぼくのほうを向いて、

「脳《のう》と腸はつながっていてね」

ぼくの目をのぞき込《こ》むようにして言った。

「人は、不安やストレスを感じると、その信号が神経《しんけい》を通して腸に伝わるんだ。すると、その信号を受けて、腸は活発に動いたり、逆《ぎゃく》に鈍《にぶ》くなったりして、下痢《げり》や便秘《べんぴ》という症状《しょうじょう》を起こすんだよ。だから、なるべく気もちをおおらかに持って、おなかのことを気にし過《す》ぎないこと」

「はい」

「それから、親御《おやご》さんも、この病気を理解《りかい》して、お子さんに不安感をいだかせないよう、心がけてください」

お母さんは、頭をさげてうなずいた。

整腸剤《せいちょうざい》を処方《しょほう》され、規則《きそく》正しい生活をすること、適度《てきど》な運動をすること、適量《てきりょう》の食事を、くつろいだ気もちで食べることなどを、指導《しどう》された。

受付で診察料《しんさつりょう》を払《はら》い、処方《しょほう》せんを持って薬局へ行った。薬をもらって車に乗ると、お母さんはまえと同じように、大きなため息をついた。

「ねえ、修《しゅう》ちゃん、やっぱりお父さんに話して、協力してもらおうよ。このままだと、いつまでも治らないよ」

「やだ、お父さんに知られたくない」

「ちゃんと話したら、わかってくれるわよ。ね、そうしましょ」

やだやだ。ぼくはだだっ子のように、首をよこにふり続けた。

お母さんは、ふうっと、空気が抜けるような息を吐《は》いた。


それから何日かたった夜だった。

ぼくはもう寝《ね》ていたけど、お父さんが帰ってきたらしい物音で、目がさめた。

いつもなら、お父さんはすぐにシャワーを浴びて、ビールを飲んで寝《ね》てしまう。

でも今日《きょう》は、シャワーのあと、いつまでも寝室《しんしつ》に行く気配がなかった。

お母さんが、お父さんにぼくのおなかのことを、話してるんじゃないだろうか。

不安になって、ぼくは音を立てないように階段《かいだん》をおりて、一番下の段《だん》にすわった。

居間《いま》のドアが少し開いていて、二人《ふたり》が話している声が聞こえる。

「腸の病気？　修一《しゅういち》が？」

「ええ。炎症《えんしょう》とか、何かができてるってわけじゃないんだけど」

「じゃあ、どこが病気なんだ」

「腸がうまく働いてないっていうのかしら、過剰《かじょう》に反応《はんのう》して、腹痛《ふくつう》や下痢《げり》を起こすらしいの。あの子、学校に行く時間くらいになると、何度もトイレにかけ込《こ》んでるのよ」

「神経質《しんけいしつ》なだけだろ」

「最初はわたしも、そう思ったわ。でもちがったの。ストレスが原因《げんいん》なんですって」

「ストレス？　あいつにどんなストレスがあるっていうんだ」

「そりゃ、学校とか、友だちとか、成績《せいせき》とか、いろいろあるでしょうけど」

お母さんは、ちょっと言いよどんだけど、

「あなたにも原因《げんいん》があると思うの」

はっきりとそう言った。

ドクンと、ぼくの胸《むね》が大きく鳴った。

「何？　おれが何をしたって？」

「修一《しゅういち》は繊細《せんさい》な子なのよ。あなたが大声をはり上げたり、乱暴《らんぼう》な言葉を使ったりするだけで、あの子にはストレスになるの。それをわかってあげてほしいの」

「まるで、おれが修一《しゅういち》を傷《きず》つけてるみたいな言い方だな」

皮肉っぽい口調で、お父さんが言った。

「そうは言ってません。でも、修一《しゅういち》はあなたをこわがってるし」

「父親っていうのは、こわいくらいでちょうどいいんだ」

「ううん、家庭って、家族のくつろぎの場でなくちゃ。うちの中で緊張《きんちょう》したり、不安を感じたりするなんて、よくないわ」

「何をくだらんことを、うだうだ言ってるんだ。修一《しゅういち》は根性《こんじょう》がないだけだ。精神《せいしん》をきたえなおせば、そんなものはすぐに治ってしまう。剣道《けんどう》とか柔道《じゅうどう》でも、させたらどうだ」

「あなたったら……」

「とにかく、おれは今、それどころじゃない。大事な仕事をかかえてるんだ。明日《あした》も早いから、もう寝《ね》るぞ」

お父さんがこっちに歩いてくる音がした。

ハッと立ち上がったときは、もうドアが大きく開いて、お父さんが目のまえにいた。

ギョッとしたように、お父さんは目を見はった。深く刻《きざ》まれた眉間《みけん》のしわと、険《けわ》しく光る目は、怒《おこ》っていなくても、ぼくを威嚇《いかく》するのには十分だった。

「こんなところで何やってる。早く寝《ね》ろ」

吐《は》き捨《す》てるように言うと、行ってしまった。

「修《しゅう》ちゃん……」

お母さんが、困《こま》ったようにぼくを見ていた。

ぼくは、お母さんに背中《せなか》を向けて、ゆっくりと階段《かいだん》をのぼった。

お父さんにとって、ぼくは必要のない人間なのかな。いや、ぼくなんか、いなければいいと思っているかもしれない。

冷たいすきま風が吹《ふ》き込《こ》んだみたいに、からだ全体がひんやりした。

7 孤立《こりつ》

本格的《ほんかくてき》に梅雨入《つゆい》りしたらしく、ずっと雨が続いていた。

相変わらず、朝は何度もトイレにかけ込《こ》んだ。学校で、授業中《じゅぎょうちゅう》にそれがくるとサイアクだった。必死で限界《げんかい》まで我慢《がまん》する。あぶら汗《あせ》がにじんで、先生の言うことは、何も頭に入ってこない。ただもう、トイレに行くことしか考えられない。終わりのチャイムが鳴ると、たとえ先生の話が途中《とちゅう》でも席を立った。

そんな自分が恥《は》ずかしくて、情《なさ》けなくて、悲しかった。

病院でもらった薬は、効《き》いているとは思えなかった。

お母さんは、ぼくが帰るのを待ちかまえて、その日のおなかの具合を、あれこれとたずねる。ぼくが話すのを聞くと、お母さんは悲しそうな表情《ひょうじょう》を浮《う》かべて、あわれむような目でぼくを見る。そんな目で見られると、ぼくはますますみじめな気もちになった。

考えた末なのだろう。お母さんは、担任《たんにん》の神林《かんばやし》先生に病気のことを相談に行った。

そんな病気があるとは知らなかったと、先生は、授業中《じゅぎょうちゅう》でも許可《きょか》なしでトイレに行くことを認《みと》めてくれた。みんなにも、ぼくの病気の症状《しょうじょう》を説明してくれた。

だけど、クラスでのからかいは、かえってひどくなった。

「へっ、また永野《ながの》のトイレ通いが始まったぞ。おまえ、ちゃんと手、洗《あら》ってんのかあ」

「大腸菌《だいちょうきん》、うじゃうじゃ持ってんじゃね?」

「キャー、きたねー」

みんなが、ぼくを避《さ》けて通った。

朝、教室に入ると、ぼくのいすの上に「バイキン注意!」という紙が、べったり貼《は》りついていたりした。

ぼくのとなりの席の子は、机《つくえ》を三十センチくらいずらして、少しでもぼくから離《はな》れようとした。

教室の中で、ぼくは一人《ひとり》きりだった。


ぼくにとって、たった一つの楽しみは、マックとの散歩だった。けど近ごろは、雨続きでお休みが続いていた。

そんな日は、マックは足をふいてもらい、家の中を所在《しょざい》なげにウロウロしている。

そこにぼくが行くと、ヤッタ！　とばかりに、まっしぐらにとびついてくる。

ぼくはうれしくて、マックにしがみついて、泣きそうになる。マックだけが、ぼくをよろこんで迎《むか》えてくれる。

いつだったか、ぼくはマックの毛の中に顔をうずめたまま、じっとしていた。

「修一《しゅういち》くん、どうかした？」

いつまでも動かないぼくを見て、関《せき》さんが心配そうに声をかけてきた。

「あ、なんでもありません」

あわてて顔を上げて、すばやく目もとをこすり、笑ってごまかした。

「マックの毛、すごくいいにおいがしたから」

「でしょ。わたしより高級なシャンプー使ってるんだもの」

関《せき》さんは笑って、知らないふりをしてくれた。

「マックはね、人の言葉がわかるのよ。もちろん、わたしもマックの言葉がわかるけど」

そっと、秘密《ひみつ》をうちあけるようにささやいて、関《せき》さんは重々しくうなずいた。

「ほんとに？」

「あら、本気にしてないわね。じゃあ、何かマックに言ってみて」

「うーん、じゃあ、マック、今日《きょう》は雨で散歩に行けなくて、残念だったね」

タイミングよく、マックがワンと鳴いた。

「今のを通訳《つうやく》すると、ううん、修一《しゅういち》くんといっしょにいられるだけで十分だよ、だって」

「ええ、うそだぁ」

「あら、じゃあ、ほかにも何か言ってごらんなさい」

「えっと、マック、ぼくのこと、好き？」

言ってから、恥《は》ずかしくなった。顔が熱くなった。

「クウン」

「もち、大大大好き、だって」

思わず笑いだしてしまった。

いいかげんなことばっかり言ってる。

「あら、うそじゃないわよ。ほんとにマックがそう言ったんだもの」

関《せき》さんは真面目《まじめ》な表情《ひょうじょう》で言って、ぼくをにらんだ。

「マックだけじゃないわ。わたしだって、修一《しゅういち》くんがきてくれるのを、とっても楽しみにしてるんだから」

ふいに、胸《むね》の奥《おく》から何かがわき上がってきそうになって、あわててゴクンと飲みくだした。

「ぼ、ぼくこそ、ここにくるの、とっても楽しみです」

「あら、ムリしなくてもいいのよ。でも、うれしいわ。ありがと」

関《せき》さんはにっこり笑って、ぼくのひざをポンポンとたたいた。

もう少しだけ、がんばれそうな気がした。


その日、みんなが、ぼくを見てクスクス笑ったり、まゆをひそめて目をそらしたりするので、ヘンだなとは思っていた。

佐伯《さえき》が何か言って、みんなが笑うのはいつものことだけど、今日《きょう》は理由がわからなかった。給食が終わってトイレに行って、背中《せなか》に貼《は》り紙《がみ》があるよ、と教えてくれたのは、となりのクラスの子だった。

佐伯《さえき》がこっそりと、背中《せなか》にウンチの絵を貼《は》りつけていたのだ。

とぐろを巻《ま》いた茶色のウンチが、紙いっぱいに描《か》かれていた。

ぼくは、ほぼ半日、背中《せなか》にこの紙を貼《は》りつけて行動していたのだ。

怒《いか》りと恥《は》ずかしさで、いっぱいだった。

それ以上に、クラスのだれも教えてくれなかったことが、ショックだった。

こんな仕打ちを受けて、ぼくがどんな気もちになるかなんて、気にとめる子は一人《ひとり》もいなかったのだ。

ぼくの存在《そんざい》は、教室の中ではゴミくずみたいなものなんだと思った。

学校にいるあいだは、なんとか我慢《がまん》した。けど、うちに帰って一人《ひとり》になると、こらえていた涙《なみだ》があふれ出した。

学校なんか行きたくない。

学校に行かなくても、勉強する方法はいくらだってある。通信教育でも塾《じゅく》でもいい。

あんなやつらといっしょにいたくない。

ベッドにつっぷして泣いた。

遠くで電話の音が聞こえていた。放っておいたら切れた。が、すぐにまた鳴りだした。まるで、ぼくの居留守《いるす》がわかっているみたいに、いつまでもやむようすがない。

お母さんも留守《るす》だった。

しかたなく下におりて、のろのろと電話をとった。

「もしもし、永野《ながの》ですけど」

「……」

「もしもし、どなたですか」

「……」

だれだろう。公衆《こうしゅう》電話からかけていた。

しばらく受話器を耳に当てていたけど、何も聞こえてこない。

いたずら電話なのか。

あ……もしかして……。

「和希《かずき》?」

呼《よ》びかけても返事はなかった。けど、すぐにプツッと切れた。

和希《かずき》だったのだろうか。ぼくのことを、ちょっとでも気にかけてくれたのか。

それとも、やっぱり佐伯《さえき》たちのいたずらか。

頭の中で、和希《かずき》と佐伯《さえき》の顔が交互《こうご》に浮《う》かんでは消えた。

8 深夜の帰宅《きたく》

ヘッドライトの明かりが、カーテンを通して淡《あわ》く窓《まど》ガラスを照らした。

枕《まくら》もとの時計《とけい》を見ると、午前二時だった。

バタンと車のドアの閉《し》まる音がして、車が走り去ると、玄関《げんかん》のドアが開いた。

ドサッと、重い荷物を置くような音がする。

お父さんが帰ってきたのだ。

最近、お父さんが帰る時間がすごくおそくなった。今までは、おそくても十時か十一時には帰っていたのに。

朝も、ぼくが起きるころにはすでに出かけていて、もう一週間以上、お父さんの顔を見ていなかった。土曜も日曜も家にいない。

お母さんの話では、仕事がいそがしくて、帰りたくても帰れないのだそうだ。

さっきから耳をすませているけど、階下で人が動く気配がなかった。

二階のぼくの部屋《へや》は、吹《ふ》き抜《ぬ》けのダイニングの天井《てんじょう》と同じ位置にあって、小窓《こまど》がついている。

だから、階下の台所まわりの音はたいてい聞こえる。

冷蔵庫《れいぞうこ》を開け閉《し》めする音や、お皿をカチャカチャいわせる音も聞こえてくる。なのに、今日《きょう》はなんの音もしなかった。

どうしたんだろう。もしかして、具合がわるくなったりしたんじゃないだろうか。

まさかと思いながら、タオルケットをめくり、ベッドをおりた。ドアを開けてしのび足で階段《かいだん》をおりた。

台所にも居間《いま》にも明かりはついていなかった。

なんだ、やっぱりもう寝《ね》たのか。ぼくの考え過《す》ぎか。ふっと鼻先から息がもれた。

でも、せっかく起きたんだから、水でも飲もうと、電灯のスイッチを入れた。

パッと部屋《へや》が明るくなったとたん、腰《こし》をぬかしそうになった。

ソファに、お父さんがすわっていたのだ。

「ど、どうしたの」

あんまりびっくりして、声がうわずった。

ぼくの声に、ゆっくりとお父さんがふり向いた。顔色がどす黒く、目が充血《じゅうけつ》して、何日も寝《ね》ていないような、げっそりした顔をしていた。真っ暗な中で、お父さんは何を考えていたのだろう。

「おまえこそ、どうした。こんな時間に」

「あ、ぼ、ぼくは、水を飲みに……」

「そうか。じゃあ、水を飲んだら寝《ね》なさい。もうおそいぞ」

「うん……あの、お父さん」

「ん？」

「あ、ううん、なんでもない」

あんまり働き過《す》ぎると、からだにわるいよ、と言おうとした。けど、子どもが口を出すことじゃないと、叱《しか》られそうでやめた。

ぼくは、台所に行ってコップに水を注ぎ、半分ほど飲んだところで気がついた。

「お父さんも飲む？　水」

「ああ、そうだな、もらおうか」

ぼくは、もう一つコップを出してから、冷蔵庫《れいぞうこ》に、ミネラルウォーターが冷えているのを思い出した。

それをコップに注《そそ》ぎ、お父さんのいるところまで、持っていった。

お父さんは、ぼくからコップを受け取ると、ゴクゴクとのどを鳴らして、ひと息に水を飲み干《ほ》した。口をぬぐうと、ふうっと大きく息を吐《は》いた。

それっきり、沈黙《ちんもく》が続いた。気詰《きづ》まりだった。なんでもいいから、話ができたらと思った。でも、何を話したらいいのかわからなかった。

「あ、あの、ミネラルウォーター」

「ん？」

「その水」

「そうか、ま、水は水だな」

それ以上、会話が続かなかった。

お父さんは、ぼくが生まれてからずっと同じお父さんなのに、遠く離《はな》れた人みたいだった。近くにはいるけど、言葉が届《とど》かない。

「なんだ、水を飲んだなら、もう用はないんだろ」

「あ、うん」

「じゃあもう寝《ね》なさい」

言われてぼくは立ち上がり、居間《いま》を出た。

ベッドに入っても、なかなか眠《ねむ》れなかった。

ぼくが小さかったころのお父さんが、頭の中にいくつも浮《う》かんだ。

一番はっきりとおぼえているのは、自転車に乗る練習をしたときのことだ。

小学校にあがった夏だった。

補助輪《ほじょりん》をはずすと宣言《せんげん》したぼくに、ランニングシャツ一枚《まい》で、お父さんがつきそっていた。直射日光《ちょくしゃ》が照りつける、川原《かわら》の遊歩道で、ぼくは力いっぱいハンドルをにぎりしめていた。

お父さんは、よこになったり、うしろになったりして、ぼくについて走った。

その間じゅう、背中《せなか》にお父さんの手があった。どのくらい走ったときだろう。ふっとペダルが軽くなり、ハンドルがたよりなくゆれた。あっけなく、自転車はよこだおしになり、ぼくはひざとひじをすりむいた。

「スピードを落とすと、ころぶんだぞ」

何度も何度も自転車を起こし、お父さんは顔を真《ま》っ赤《か》にして、ぼくといっしょに走った。ぼくの顔も背中《せなか》も、汗《あせ》でベトベトだった。

二時間くらい練習したころだった。

気がつくと、ぼくは一人《ひとり》でヨタヨタと走っていた。

自転車をとめてふり返ると、お父さんは両手を腰《こし》に当ててこっちを見ていた。

汗《あせ》で顔をピカピカに光らせて、歯を見せて笑っていた。思わずぼくも笑った。

サイコーの気分だった。

あのころのお父さんは、どこへ行ったんだろう。

あのころのぼくは、どこへ行ったんだろう。


「今日《きょう》の午後、すぐるさんからそっちに行くって電話があったわよ」

家に帰るなり、お母さんが言った。

「修《しゅう》ちゃんと約束したものを、持っていくからって。いつそんな約束したの？」

お母さんは驚《おどろ》いている。

おじさん、おぼえてたんだ。いったいどんな薬を持ってくるんだろう。

火曜日だったから、マックの散歩はリクの当番だった。待っていると、四時ごろにおじさんはやってきた。

「まず、これはおねえさんに」

そう言って、お母さんにしゃれた紙袋《かみぶくろ》に入ったものをわたした。たぶん、どこか有名店のケーキだ。お母さんの顔がほころんだ。

「彼女《かのじょ》はまだ連れてこないの？」

からかうように、お母さんが聞いた。

「あ、それが、仕事がいそがしくて、なかなか休みがとれないらしいんですよ」

「そう、働き過《す》ぎの人ばっかりね」

お母さんがため息をもらした。

お父さんのことを言ってるんだと思った。

「それから、これは修《しゅう》ちゃんに」

やや厚みのあるうす茶色の封筒《ふうとう》をぼくに差し出した。

「何、これ？」

おじさんは、見てみろよというように、封筒《ふうとう》をあごでしゃくった。

封筒《ふうとう》の中をのぞくと、CD《シーディー》が三枚《まい》入っていた。

「女性《じょせい》ジャズサックス奏者《そうしゃ》のアルバムだよ。まだ若《わか》いけど、サックスを吹《ふ》かせたら、すっごくいいんだ」

「ふうん」

今まで、音楽なんてほとんど関心がなかったので、ちょっと拍子抜《ひょうしぬ》けした。しかもサックスだなんて。

これが、おじさんのいう特効薬《とっこうやく》なのか。

「無理にとは言わないけど、よかったら聴《き》いてみろよ。おれは、ざわついた気もちが安らいだり、沈《しず》んだ気分が明るくなったりしたな」

ちょっと期待はずれだったけど、気もちはうれしかった。

「ありがとう。聴《き》いてみるよ」

「おう、気に入ったら言ってくれ。ほかにもいろいろあるからさ」

おじさんは、お母さんが淹《い》れたコーヒーを、おいしそうに飲んだ。

「ところで近ごろ、アニキ元気にしてますか」

珍《めずら》しくおじさんが、お父さんのことを聞いた。

「それが、もうメチャクチャいそがしいみたいで、毎晩《まいばん》帰りがおそいのよ。からだのことも、少しは考えてほしいんだけど」

「うーん、そっか」

おじさんは、ひたいを押《お》さえてまゆをひそめた。

「すぐるさん、何か知ってるの？」

「いやあ、くわしいことはおれもわかんないけど……知り合いがちょっと気になることを……」

「何？」

「アニキの会社、内部で二つに分かれて対立してる、とかなんとか」

「まあ、そうなの？　あの人、なんにも話してくれないから」

「どこもそうだけど、今までのやり方が通用しなくなって、改革《かいかく》が叫《さけ》ばれてるけど、アニキは器用な人間じゃないから……」

あの晩《ばん》、お父さんが真っ暗な部屋《へや》で、一人《ひとり》すわっていた姿《すがた》がよみがえった。

あのとき、お父さんは何を考えていたんだろう。

「ところで、おなかの調子はどうだ」

お母さんが台所に立ったとき、おじさんが低い声でぼくに話しかけてきた。

「え？」

ふり返ると、真剣《しんけん》な表情《ひょうじょう》でぼくを見ていた。

「う、うん……相変わらずだけど」

「そっか。あれから考えたんだけど、学校で何度もトイレにかけ込《こ》んだりして、からかわれたりしていないか？　このまえも、サボったって言ったろ」

おじさんは、ぼくがいじめにあっていないかと、心配してるのだろうか。

でも、もしそれを認《みと》めたら、もう学校に行けなくなる。必死で踏《ふ》ん張《ば》っていないと、立っていられなくなる。

「だいじょうぶ。あれからサボったりしてないし」

「ならいいけど、もしなんかあったら、ちゃんと言うんだぞ。我慢《がまん》なんかするなよ」

やさしい言葉をかけられて、鼻の奥《おく》がツンとした。

でも、おじさんに言っても、佐伯《さえき》たちのいじめがなくなるわけじゃない。

それに、おじさんに話したら、きっとお母さんにも知られる。そしたらお父さんにも――それだけは、避《さ》けたかった。

「ぼくのことより、彼女《かのじょ》のこと心配したほうがいいんじゃない」

「こいつ、なまいき言いやがって」

おじさんは、ぼくのおでこをツンとついて、安心したように笑った。

「じゃあ、それとなくアニキのようす、見といてください」

そうお母さんに声をかけると、おじさんは帰っていった。

「あ〜あ、心配の種が、また増《ふ》えちゃったわ」

お母さんは、まゆ根を寄《よ》せてため息をついた。

ごめん。せめてぼくが、心配をかけなければ……。

その夜、ラジカセで、おじさんにもらったCD《シーディー》をかけてみた。

サックスの音色が、部屋《へや》の中に静かに響《ひび》きわたった。皮膚《ひふ》の表面からからだの中へと、深く音色が沁《し》み込《こ》んでいくようだった。

サックスがいいかどうかなんて、ぼくにはわからない。でも、ざらざらした気もちが、少しだけなめらかになるようだった。

9　関《せき》さんの事情《じじょう》

翌日《よくじつ》の水曜日、関《せき》さんの家を訪《たず》ねたら、いつもは空っぽの駐車場《ちゅうしゃじょう》に、白い乗用車が停《と》まっていた。

お客さんかな。

小屋からマックのリードをはずしながら、何気なくガラス戸の向こうを見た。

お母さんより少し若《わか》いくらいの女性《じょせい》が、関《せき》さんと向かい合って、何か話し込《こ》んでいる。

マックが、ぼくにまとわりつくようすで気がついたらしく、関《せき》さんが立ち上がってガラス戸を開けた。

「いつもお世話さま。今ね、娘《むすめ》がきてるの」

そう言って、うしろをふり返った。

栗色《くりいろ》の髪《かみ》を、思いきりショートにカットした女性《じょせい》が、ぼくを見てほほえんだ。

「いつもマックのお散歩、してくれてるんですってね。ありがとう」

やさしい雰囲気《ふんいき》が関《せき》さんに似《に》ていた。

裕子《ゆうこ》さんというそうだ。

ぼくはこくんと頭をさげて、「じゃあ行ってきます」と、マックのリードを引いて家を出た。

雨が続いて、散歩を休んでいたので、不満がたまっていたのだろう。

マックは、早く早くと急《せ》かすように走り、散歩コースをはずれて、いつもは通らない道へと、ぼくを連れていった。

「おい、マック、どこへ行くんだよ」

引きずられるようにして着いたのは、町営《ちょうえい》のグラウンドだった。

雨あがりのグラウンドで、ユニフォームを着た小学生の男子が、十人ほど集まっていた。

地面には、三角形や四角形の線が描《か》かれて、その上にオレンジ色のミニコーンが、一メートルおきくらいに置かれている。

指導者《しどうしゃ》らしい人が、それを指して何か説明すると、小学生たちは、そのコーンのまわりをジグザグにボールをけりながら、器用にまわり始めた。

「サッカーの練習か」

ほとんどの少年が、同じレベルだったけど、その中で、群《ぐん》をぬいて目を引く少年がいた。

ぼくのような、サッカーにうといやつでも、その子から目が離《はな》せなかった。

まるで、足にボールがくっついているみたいに、細かくボールをころがして進む。

しかもスピードがあり、リズミカルだった。

リクだった。

リクは、先週あったスポーツテストでも、抜群《ばつぐん》の運動能力《のうりょく》を見せた。

年に一度、学年全体で行う体力テストだ。

八種目ある中、リクの立《た》ち幅《はば》とびは、学年でもトップだった。しなやかなバネ、強じんな足腰《あしこし》、より高いところを目指す意志《いし》。それに比《くら》べると、ぼくはスタートラインにつくことさえしなかった。見学したのだ。

もし、みんなのまえで漏《も》らしたりしたら。

そう思うだけで、胸《むね》がバクバク騒《さわ》いだ。

そうか、調子がわるいのかと、先生はすんなり見学を認《みと》めてくれた。

みんなが、思いきり力をふりしぼっているのを見ると、うらやましかった。

自分のカラにちぢこまっている自分が、どうしようもなく小さく思えた。

マックはグラウンドを見て、しきりにしっぽをふっている。きっと、リクの散歩コースに、このグラウンドも入っているのだろう。

自分のからだを使って、思うままに走りまわるリクがまぶしかった。

一時間ほどの散歩から戻《もど》ったら、駐車場《ちゅうしゃじょう》には車はもうなくて、裕子《ゆうこ》さんもいなかった。

関《せき》さんは、いつものようにおやつを出してくれたけど、ほかのことに気をとられているようで、どこかぼんやりしていた。

散歩中のマックが、水たまりをとびそこなって、泥《どろ》にはまったことを話しても、うわの空で聞いていた。

絶対《ぜったい》ウケると思ったのに、どうしたんだろう。裕子《ゆうこ》さんがきたことと、関係あるのかな。漠然《ばくぜん》とした不安に包まれた。


掃除《そうじ》当番で、教室の床《ゆか》をモップでふいていたときだった。ちょんちょんと肩《かた》をつつかれて、ふり返ると、桑原《くわはら》さんがろうかを指さしていた。

「呼《よ》んでるよ」

見ると、リクがこいこいとぼくに手招《てまね》きをしていた。

ぼくに話しかけたり、さわったりする女子がいるとは思ってなかったから驚《おどろ》いた。

「あ、ありがと」

戸惑《とまど》いながら出ていくと、リクはいきなり、「知ってるか？」と聞いた。

「え、何を？」

「やっぱ知らねえんだ」

リクは顔をゆがめた。

「関《せき》さん、引《ひ》っ越《こ》すんだってよ」

「えっ！」

ふいに陽《ひ》がかげって、まわりがうす暗くなったような気がした。

「ていうか、子どもの家に行くことになったらしい」

子どもって、このまえ会った、関《せき》さんによく似《に》たあの女の人のことだ。裕子《ゆうこ》さんだ。

やさしい、おねえさんみたいな人だった。

あのとき、関《せき》さんと裕子《ゆうこ》さんは、そんな話をしていたのか。関《せき》さんが、いつもとようすがちがっていたのは、そのせいだったのか。

「おれも、昨日《きのう》聞いてびっくりしたよ。それほど遠いところじゃないとは言ってたけど、それでも県外みたいだし」

「でも、どうして急にそんなことに」

「いや、まえから話はあったらしい。関《せき》さんはまだ一人《ひとり》でだいじょうぶだって、断《ことわ》ってたみたいだけど、近ごろ足の具合がよくなくてさ、病院に通うのも、買い物に行くのも、ひと苦労だって言ってたし」

「じゃあ……マックも？」

「うん、それなんだけど」

リクは、くしゃくしゃと頭をかいた。

「そこんちの孫が、犬アレルギーなんだってさ。だから連れていけないって」

「え、そうなの」

「関《せき》さん、それが一番気になるみたいでさ」

「うん……」

「けど、おれんち、アパートだし、犬飼《か》えねえし」

リクは、ふっと顔を上げてぼくを見た。

「おまえんち、どう？」

「え、ぼくんち？　さ、さあ、どうかな」

突然《とつぜん》こっちにふられて、びっくりした。

そんなこと、ぼく一人《ひとり》じゃ決められない。

「もし、おまえんちがダメなら、やっぱ保健所《ほけんじょ》行きかなあ」

沈《しず》んだ声でリクがつぶやいた。

ドックンと、心臓《しんぞう》が大きく打った。

保健所《ほけんじょ》に収容《しゅうよう》された野犬を、テレビで見たことがある。せまいオリの中を、ウロウロと落ち着きなく歩きまわる犬。あきらめたように、からだを丸めて寝《ね》ている犬。飼《か》い主《ぬし》の姿《すがた》をさがして、オリの外の人間に視線《しせん》をさまよわせる犬。どの犬を見ても胸《むね》が痛《いた》んだ。

マックがそんなことになるなんて、想像《そうぞう》するだけでも耐《た》えられなかった。

「わかんないけど……聞いてみるよ。うちで飼《か》えるかどうか」

「おっ、やった！　たのむぜ」

リクは、すっかり安心したみたいに笑った。

聞いてみる、なんて言っておきながら、軽はずみだったかなと心配になった。

一生懸命《いっしょうけんめい》たのんだら、お母さんはいいと言うかもしれない。

でもお父さんは、犬や猫《ねこ》は不衛生《ふえいせい》だと言う。吠《ほ》えたり、鳴いたりするのも気に入らないようだし。

耳の奥《おく》で、心臓《しんぞう》の音がトクトクと鳴るのが聞こえてきた。

関《せき》さんは、ぼくに、リクから聞いたことと同じ話をして、ごめんなさいね、と言った。

ぼくは、なんと言えばいいのかわからなくて、だまってうつむいていた。

この家にきて、関《せき》さんとおやつを食べながら、たわいないおしゃべりをするのは、緊張《きんちょう》がほどけて気もちがやすらぐ、大切な時間だった。関《せき》さんが引《ひ》っ越《こ》したら、それがなくなるってことだ。

「だれでもね、年をとるとからだが弱って、一人《ひとり》で暮《く》らすのがしんどくなるのよ。今まで、なんとかがんばってきたけど、そろそろ子どもに頼《たよ》ってみようかと、思っているの」

関《せき》さんの声は、さびしそうだった。

ぼくが、関《せき》さんと同じくらいの年になったら、関《せき》さんの気もちが、わかるようになるのかな。ぼくは、関《せき》さんが決めたことを、受け入れるしかなかった。


朝のトイレの回数が増《ふ》えた。

家を出ようとするたびに、行きたくなる。

学校に行っても、いつトイレに行きたくなるかと、ハラハラしてばかりいた。

関《せき》さんの引《ひ》っ越《こ》しを聞いて、気もちが不安定になったせいかもしれない。

病院の先生も、すぐるおじさんも、もっと気もちをおおらかに持てとか、気にし過《す》ぎるなとか言う。けど、いくらがんばっても、おなかが痛《いた》くなるのはとめられないし、下痢《げり》がなくなることもない。こんなおなかをかかえてみないと、ぼくの苦しさなんかわからないんだ。

リクは毎日ぼくの教室にきて、どうだった？　と聞いてくる。まだ聞いてないと言うと、ガッカリした顔で帰っていく。

そのたびに、すまない気もちでいっぱいになるけど、お父さんの顔を思い浮《う》かべると、話す勇気が出ない。

佐伯《さえき》と吉田《よしだ》のしつこいからかいも、変わらなかった。

「あっ、ズボンのうしろに黄色いしみがついてら。おまえ、漏《も》らしたんじゃねえの」

佐伯《さえき》が、ぼくのまわりをグルグル回りながら言うと、

「ヒエー、くせえ！」

吉田《よしだ》は鼻をつまんで、ヒエーヒエーと叫《さけ》んだ。

いいかげんにしろと思うけど、もしかしてと、おしりに手をやって確《たし》かめてしまう。

それを見て、二人《ふたり》がゲラゲラ笑う。

二人《ふたり》に合わせて、あちこちで笑いが起こる。

顔がほてり、からだがかたくなる。

自分が情《なさ》けなくてたまらない。

どうしてぼくは、こんなに弱いんだろう。

どうしていつもビクビクしているんだろう。


毎晩《まいばん》、おじさんにもらったCD《シーディー》を聴《き》くようになった。

夕食後、部屋《へや》に戻《もど》って宿題のプリントをすませ、明日《あした》の準備《じゅんび》をする。

そのあと、お風呂《ふろ》に入ってパジャマに着替《きが》えると、CD《シーディー》をかけて、ベッドによこになる。

すでに耳になれた音楽が、ぼくをからだごと包み込《こ》む。

おじさんが、気もちが安らぐと言ったように、ぼくもCD《シーディー》を聴《き》いていると、キリキリとがった神経《しんけい》が、ゆるんでいくようだった。

時間がくると切れるラジカセのスリープタイマー機能を使って、そのまま眠《ねむ》りにつくのが、習慣《しゅうかん》になっていた。

10 失望

昨日《きのう》、勇気を出して、やっとお母さんに犬の話をした。

ぼくが、関《せき》さんちの犬の散歩をしてると知って、お母さんはすごく驚《おどろ》いた。

「帰ってくるなり、とび出していくと思ったら、そんなことしてたの？」

「うん、だまってて……ごめん」

「それで、修《しゅう》ちゃんは楽しいの？」

「え、うん。マックって、あ、その犬の名まえだけど、すごく人なつこい犬でさ、見たら、お母さんも絶対《ぜったい》好きになるよ」

ぼくは、マックがどんなふうに走ったり、草のにおいを嗅《か》いだりするか、どんなふうにぼくにじゃれついたり、ドジなことをするかを、できるかぎりくわしく話した。お母さんは、うなずきながらじっとぼくの話を聞いていた。

「それで、ここからが本題なんだけど」

「あら、ずいぶんむずかしい言い方知ってるのね」

「ちゃかさないで聞いてよ」

ぼくは、関《せき》さんちの事情《じじょう》を話して、マックを引きとりたいという話をした。

「もし、うちが引きとらなかったら、マックは保健所《ほけんじょ》に連れていかれるかもしれないんだ」

「うん、修《しゅう》ちゃんがマックを飼《か》いたいのは、よくわかった。お母さんはいいと思う」

「ほんと?」

ふわっと、気もちが軽くなった。

「でも、お父さんの意見も聞かなくちゃね」

軽くなった気もちが、ストンと落下した。

「お父さん……なんて言うかな」

「さあ、でも今みたいに、修《しゅう》ちゃんの気もちをぶつけてごらんなさい。あんがい、すんなりオーケーしてくれるかもしれないわよ」

お母さんの言葉に、少しだけ勇気が出た。

でも、相変わらずお父さんの帰りはおそかった。毎日今日《きょう》こそはと、心の準備《じゅんび》をして待っているけど、お父さんが、まともに話し合える時間に、帰ってくることはなかった。

日数だけが過《す》ぎていった。

関《せき》さんの引《ひ》っ越《こ》しの日が、来週の日曜日に決まった。

マックの行き先が決まらないので、関《せき》さんは心配そうだ。元気もなくなった。

ぼくがはっきりしないのが原因《げんいん》だった。

気が気じゃない日が続いた。

関《せき》さんの引《ひ》っ越《こ》しの、三日まえのことだった。

「話したわよ、今朝《けさ》、マックのこと」

ぼくに、朝食のおみそ汁《しる》を用意しながら、お母さんが言った。

ぼくとお父さんが、顔を会わせる機会がなさそうなので、話してくれたんだって。

「ほんと！　で、どうだって？　お父さん」

ぼくは、息をのんで返事を待った。

「それがねぇ、お母さんの話、ほとんど耳に入ってないみたいだったわ」

「え、どういうこと？」

「頭の中が仕事のことでいっぱいで、それ以外のことはうわの空って感じね」

そんな……。

「だからこうしましょう。とりあえず、マックをあずかるの。うちにくれば、イヤでもお父さんの目にも入るでしょ。そこで、どうしてもダメだと言うなら、ほかに飼《か》い主《ぬし》をさがしましょう。お母さんも手伝《てつだ》うから」

「じゃあ、マックを連れてきてもいいの？」

こっくりと、お母さんはうなずいた。

「やった！」

ぼくはとび上がった。

マックがうちにくる！　ぼくんちの犬になる！

その日、学校が終わると、急いで関《せき》さんの家へ向かった。

今日《きょう》は、リクがマックの散歩当番の日で、マックの姿《すがた》はもう見当たらなかった。

ちょうど裕子《ゆうこ》さんがきて、二人《ふたり》で残った片《かた》づけをしているところだった。ダンボール箱がいくつも積み上げられていて、関《せき》さんはその間にすわり込《こ》んでいた。

ぼくは、開いていたガラス戸から、からだを乗り出した。

「あのぉ！」

ちゃんと声が届《とど》くように、声をはり上げた。

「マックをうちで飼《か》います！」

えっ、と二人《ふたり》が同時にふり向いた。

「返事がおそくなってごめんなさい」

関《せき》さんが、目をまんまるに見開いてぼくを見た、と思うと、クシャッと顔をゆがめた。

「ほんとに、いいの？」

泣いてるのか、笑ってるのかわからない表情《ひょうじょう》で言った。

「はい！」

「ありがとう」

関《せき》さんは、たたみに頭をつけんばかりだった。

どんなに心配していたんだろうと思うと、胸《むね》が詰《つ》まった。

「マックをよろしくね」

よこから、裕子《ゆうこ》さんも言った。

マックとマックの小屋は、引《ひ》っ越《こ》しの当日、裕子《ゆうこ》さんの家に向かう途中《とちゅう》で、トラックからおろすことになった。

いよいよだと思うと、おなかの底からじわっと、うれしさがこみ上げてきた。

そわそわして、何も手につかなかった。

まず、小屋を置く場所を決めなくちゃいけない。それから、マックが家に出入りする場所、それとトイレをどこに置くかも、決めておかないと。

マックは外のほうが好きだけど、雨が降《ふ》ったときは、ぼくの部屋《へや》でいっしょに寝《ね》よう。

そうだ、マックの好物はなんだったろう。

明日《あした》、忘《わす》れないように聞いておこう。

たしか、シャンプーは週に一回、ブラッシングは三回だったかな。

マック専用《せんよう》のバスタオルも用意しなきゃ。

そんなことを考えているとき、ぼくは幸せな気もちでいっぱいだった。

土曜日の夜、ぼくとお母さんが、食事を始めたばかりのときだった。

珍《めずら》しくお父さんが早く帰ってきた。

予想外のことに、ぼくは面くらった。

「今日《きょう》は早かったんですね」

お母さんが缶《かん》ビールを出して、お父さんのまえに置いた。

お父さんは、なんにも言わずにビールのプルトップのタブを引き上げた。

久《ひさ》しぶりに見るお父さんは、一目見ただけで、ひどく疲《つか》れているようすだった。

目の下に黒いくまができて、そぎ落としたように、あごの線が浮《う》き上がっていた。

豚《ぶた》の生姜《しょうが》焼き、ホウレン草のごま和《あ》え、タコとわかめの酢《す》のもの、そんな目のまえに並《なら》んだ食事には手をつけずに、ビールばかりを、流し込《こ》むように飲んだ。

気がつくと、お父さんの左足が、カタカタと貧乏《びんぼう》ゆすりをしていた。

すごくイライラしてるようすだった。

「何か食べてから飲まないと、からだにわるいわ」

お母さんに言われても、聞こえていないみたいに無反応《むはんのう》だった。

何か、ほかのことで頭がいっぱいみたいだった。

「修《しゅう》ちゃん」

お母さんが、ぼくに合図を送ってきた。

今マックの話をしたらと、言っているのだ。わかってる。ぼくはうなずいた。

心臓《しんぞう》が、うるさいほど打っていた。

心の準備《じゅんび》ができていなかった。いや、しているつもりだったけど、急にとなると
おじけづいたのだ。

「あの、お父さん」

何かがのどにからんだように、声がかすれた。

返事がなかった。聞こえていないのかなと思っていたら、何秒かおくれてこっち
を向いた。

「ん？」

落ちくぼんだまぶたの下の目が、ギョロリとぼくの目をとらえた。

「なんだ」

「あの、ぼく……い、犬を飼《か》いたいんだけど」

「犬？」

「うん。関《せき》さんという人が飼《か》ってたんだけど、引《ひ》っ越《こ》しをすることになって……だけど、引《ひ》っ越《こ》し先の家の子が、アレルギーで飼《か》えなくて、もう一人《ひとり》のリクっていう友だちも、アパートだから飼《か》えないし……だからぼくが」

「何をごちゃごちゃ言ってるんだ。犬なんか飼《か》わんぞ。あんな不潔《ふけつ》なものが、そばにいると思うだけでゾッとする」

お父さんは、ぼくの言葉を斬《き》って捨《す》てるように言って、グッとビールをあおった。

「もう少しちゃんと考えてみてよ。修一《しゅういち》が勇気をふるって言ったんだから」

お母さんがよこから口添《くちぞ》えしてくれた。

「考える余地《よち》なんかない。犬は飼《か》わん！」

いらだったように、お父さんは声を荒《あら》らげた。

「でも、わたしが許可《きょか》したの。修一《しゅういち》の病気には、とてもいいと思ったから」

すごみのある目で、お父さんがお母さんをにらんだ。

「過敏《かびん》な神経《しんけい》を持ってる子は、過敏《かびん》な腸を持ってるんですって。あ、逆《ぎゃく》だったかな、とにかく、犬といっしょにいて、ストレスや不安から解放《かいほう》されるなら、飼《か》う価値《ち》があると思うの。明日《あした》、その犬がうちにくるから、会うだけでも会ってくださいな」

「何！」

驚《おどろ》いたように、お父さんが目をむいた。

「そんな話は聞いてないぞ」

「言いましたよ。でもあなたの耳は、ちがうほうを向いてたみたい」

「たった今聞いた話だ。認《みと》めんぞ、おれは」

お父さんの語気が荒《あら》くなった。

「シャワーを浴びる」

ガタンと、音を立てて立ち上がると、お父さんは足早に食卓《しょくたく》から離《はな》れていった。

「あーあ」

お母さんは、天井《てんじょう》をあおいで、ガックリと肩《かた》を落とした。

ぼくのおなかは、パンパンにふくれて、グルグル音を立てている。

11 引《ひ》っ越《こ》し

時計《とけい》の針《はり》が八時を指している。
関《せき》さんの家を出たトラックが、うちに到着《とうちゃく》するのは、午前十時ごろだと聞いていた。
あと二時間で、マックがうちにくる。
でも、うちではマックを飼《か》わないと、お父さんは言った。
どうしよう。関《せき》さんになんて言おう。
ぼくの胸《むね》は、起きたときからコトコトと、音を立てっぱなしだ。
お母さんは、子ども会のリサイクル品の回収《かいしゅう》に行ったまま、まだ帰ってこない。

たぶん、近所の人とおしゃべりでもしてるのだろう。

お父さんは、食卓《しょくたく》で新聞を読んでいた。

日曜だから休んで当たりまえだけど、休日に家にいるお父さんを見るのは、ずいぶん久《ひさ》しぶりだった。

新聞の向こうにいるお父さんの表情《ひょうじょう》はわからなかった。

きっと、ぼくに腹《はら》を立てているんだと思う。

ぼくは、さっきから目玉焼きをこねくり回して、ぐちゃぐちゃにしていた。ぜんぜん、食べる気にならなかった。そっとお皿を持って、台所へ行こうとしたら、

「その犬は、何時にくるんだ」

バサバサと新聞をたたみながら、とうとつにお父さんが聞いた。

「え？　あ、えっと、じゅ、十時」

「それで、うちで飼《か》うと約束したのか」

「うん……」

わるいことでもしたような気がして、うなだれた。しばらく沈黙《ちんもく》があった。

「それなら、飼《か》い主《ぬし》が見つかるまで、置いておくしかないか」

苦々《にがにが》し気《げ》に言った。

「だが、家の中に入れるのは禁止《きんし》だ。たとえおまえの部屋《へや》でもだ」

「……」

「それから、早急に飼《か》い主《ぬし》を見つけること」

「……」

「わかったのか」

「あ……うん」

うちで飼《か》わないけど、とりあえずは置いてやる、ということだ。

流しに食器を置いて、思いきり蛇口《じゃぐち》を開けた。いきおいよく水が流れ出して、食器に当たってとびはねた。

気がつくと、シャツがびしょびしょになっていた。

十時を十分ほど過《す》ぎたころ、中型のトラックが家のまえに停《と》まった。

そのすぐうしろに停《と》まった白い乗用車から、裕子《ゆうこ》さんがおりてきた。今日《きょう》はジーンズに、ピンクのＴ《ティー》シャツ姿《すがた》だった。

「このたびは、マックがお世話になります」

裕子《ゆうこ》さんは、お母さんにていねいにあいさつをしてから、車の後部ドアを開けた。

「マック！」

ぼくを見ると、マックがとびついてきた。

関《せき》さんは？　と見ると、乗用車の助手席の窓《まど》が開いて、関《せき》さんが顔を出した。

ぼくと目が合うと、こっちへいらっしゃいと、手招《てまね》きをした。

ぼくは、関《せき》さんと顔を合わせるのがつらかった。うちで飼《か》います、なんて宣言《せんげん》したのに、もう関《せき》さんをうらぎろうとしている。

まともに関《せき》さんを見られなくて、うつむいたまま、助手席がわのドアのよこに立った。

「修一《しゅういち》くん」

いつものおっとりした口調で、関《せき》さんが呼《よ》びかけた。

「まえから気になってることがあるんだけど、気をわるくしないで聞いてくれる？」

顔を上げると、関《せき》さんは澄《す》んだ目でぼくを見つめていた。

「あなたは、言いたいことや感じたことを、自分の中にみんな閉《と》じ込《こ》めてるような気がするの。心のシャッターを、下ろしてるように思えてならないのよ」

関《せき》さん……。

「あなたのやわらかい心が、ちぢこまって、かたくなってしまわないかと心配なの」

ごめんなさい。ぼくは弱虫で、意気地《いくじ》なしで、卑怯者《ひきょうもの》です。心配してもらう価《か》値《ち》なんてないんです。

腕《うで》を伸《の》ばして、関《せき》さんはぼくの手をとった。

「思いきってシャッターを上げなさい。まぶしいくらい光が差し込《こ》んでくるわよ」

トラックの運転手さんが、荷台に乗せたマックの小屋をおろしながら、どこに置きますか、と聞いている。

「えっと、じゃあ、うら庭のほうに」

お母さんが、お父さんの目の届《とど》きにくいところへと案内している。

マックと最後のお別れをした関《せき》さんと裕子《ゆうこ》さんは、やがて、トラックとともに小さくなって、見えなくなった。

ぼくの胸《むね》に、関《せき》さんの言葉がいつまでも残った。


北がわの、あまり陽《ひ》が当たらない場所に、マックの小屋は置かれた。

知らない家にきて、マックは戸惑《とまど》っているようだった。小屋を出たり入ったりして、すっかり落ち着きをなくしている。

お父さんは、マックのことにひと言もふれなかった。お父さんの中では、マックのことは、もう終わったことなのかもしれない。

マックがきてから、ぼくは時間の過《す》ごし方が変わった。

散歩から帰って、マックに水を飲ませると、庭のエゴノキの幹《みき》に、マックのリードを巻《ま》きつける。そのすぐそばに、ぼくは自分用のオレンジジュースと、本を持ってすわり込《こ》む。

夕飯までの間、マックのそばで本を読むのが、ぼくのお気に入りになった。部屋《へや》にいるより、ずっと落ちついた気もちになるのだ。

その日、事故《じこ》で片足《かたあし》をうしなった少女が、義足《ぎそく》をつけながらも、傷《きず》ついたクジラの子どもを、なんとかして助けようとする内容《ないよう》の本を読んでいた。

ふと気がつくと、ぼくのよこにいたマックが、のぞき込《こ》むように本を見ていた。なんだか興味津々《きょうみしんしん》みたいだった。

「なんだ？　おまえも読みたいの？」

マックがクウンと鳴いた。

「そっか、わかった。じゃあ、読んであげる。でもマックには、ちょっとむずかしいかなぁ」

ぼくが声に出して読んでいる間、マックはじっと聞き入るように耳をかたむけていた。

まるで、本の内容《ないよう》がわかるみたいだった。

うれしくなった。一時間くらいマックと本を読んだ。

それからは、ぼくの本棚《ほんだな》にある本を、片《かた》っぱしから引っぱり出した。

でも、マックのお気に入りは、絵がついた本みたいだった。ぼくは図書館に行って、絵本をどっさり借りてきた。

お母さんはびっくりしていたけど、マックに読んであげると言うと、もっと驚《おどろ》いた。

ちょっとほこらしい気分だった。

お母さんの話では、犬を飼《か》いたいという人はいるけど、「血統書《けっとうしょ》つきのブランド犬なら」とか「子犬なら」とかいう条件《じょうけん》がついているそうだ。そのたびに、ぼくはホッと胸《むね》をなでおろしていた。一日でも長く、マックといっしょにいたかった。

絵本を広げて、ぼくはゆっくりと読み始める。主人公になりきって、ぼくは声を使い分け、感情《かんじょう》たっぷりに読んでいった。

ぼくが腹《はら》ばいになって読むと、マックもぼくのそばに寝《ね》そべって聞いた。すわって読むと、ぼくのひざに手を置いて、ふうんという顔をして聞いている。ぼくとマックは、同じ時間を共有していた。

マックだけが、ぼくの友だちだった。

12 行方《ゆくえ》不明

夕方から降《ふ》りだした雨は、夕飯どきになると雨脚《あまあし》を強め、夜になると風も出て、ますますはげしくなった。

マックがいる小屋にも、雨が降《ふ》り込《こ》んでいるんじゃないかと、気が気じゃなかった。

傘《かさ》をさして見に行ったら、さいわい雨は入ってなかった。だけど、雨の日を外で過《す》ごしたことがないマックは、不安そうにしていた。

「ごめんね、マック。家に入れてあげたいけど、できないんだ」

クウンと、悲し気《げ》な声をだされると、ぼくもつらかった。

「修《しゅう》ちゃん、いつまでもそんなところにいると、かぜひくわよ。いいかげん中に入りなさい」

お母さんが、台所の窓《まど》から声をかけてくる。しぶしぶ家の中に入っても、マックの悲しそうな声が、いつまでも響《ひび》いていた。


明け方になると、雨はほとんどやんでいた。

起きるにはまだ早かったけど、ぼくは着替《きが》えてマックの小屋に向かった。

早めに散歩に連れ出そうと思ったのだ。

ぼくの足音がすると、すぐに小屋から出てくるのに、今朝《けさ》はもの静かなままだった。

「マック、おはよう」

声をかけても、反応《はんのう》がない。

ヘンだなと、小屋の中をのぞき込《こ》んで、自分の目を疑《うたが》った。

小屋の中が空っぽだったのだ。

何度まばたきをしても、マックの姿《すがた》はなかった。

マックが、ぼくを置いて出ていった。

全身から力がぬけていった。

呆然《ぼうぜん》としたまま立ちつくしていると、お母さんがうら口から出てきた。

ぼくを見ると、困《こま》ったように目をふせた。

「マックが……出ていった」

ぼくの声はザラザラにかすれて、自分のじゃないみたいだった。

「ぼくがきらいになったんだ。ここにいるのが……イヤになったんだ」

ぼくは地面にしゃがみ込《こ》んだ。

早くさがしに行かなくちゃ、と思うのに、からだが動こうとしない。

「修《しゅう》ちゃん……」

お母さんが、ぼくの肩《かた》に手を置いた。

「あなたのせいじゃないのよ」

お母さんの声は、低く沈《しず》んでいた。

「昨日《きのう》の晩《ばん》は、ほんとによく雨が降《ふ》ったわ。マックはよほど雨がきらいなのね。いつまでもクウンクウンて鳴いてたの」

お母さんは、ためらうように言葉を切って、それから小さくため息をついた。

「おそく帰ってきて、お父さん、マックの声がすごく気になるみたいだったわ。うるさいなあって、何度も寝返《ねがえ》りを打ってたんだけど、とうとう起き上がって、外に出ていったの。お母さんもあとを追ったんだけど」

え、とお母さんをふり返った。

「小屋につないでたリードを、はずしたあとだったの」

「……」

「マックは、しばらく小屋のまわりをウロウロしていたけど、行け！　ってお父さんが言うと、いきおいよくかけ出して……そのまま……」

お母さんの声は、どんどん小さくなった。

反対に、ぼくの心臓《しんぞう》の音はどんどん大きくなった。

「ごめんね、あっ、待って、修《しゅう》ちゃん！」

お母さんの声をふりきって、ぼくは外にとび出した。

メチャクチャに走った。

お父さんがマックを放した！

無理やり外に追い出した！

飼《か》い主《ぬし》が見つかるまで、置いておくって言ったくせに！

お母さんだって、応援《おうえん》してくれるんじゃなかったのか！

ごめん、マック、こんなことになるなんて思わなかったんだ。どこに行ったんだよ。お願いだから、帰ってきて。

雨の中を、びしょぬれになったマックが、知らない場所をさまよっているところを想像《そうぞう》すると、胸《むね》がしめつけられるようだった。

泣きそうだった。待て、落ちつけ。考えろ。

ぼくがマックだったら、どこへ行く。

マックと散歩するコースをたどりながら、必死で考えた。

まず思いついたのは、関《せき》さんの家だった。

長い間、マックは関《せき》さんに飼《か》われていた。

行くとしたら、関《せき》さんの家しかないと思った。でもぼくの家にきたのは、裕子《ゆうこ》さんの車でだ。

しかも、昨日《きのう》は雨が降《ふ》っていた。

果たして、マックは関《せき》さんの家にまっすぐ帰れただろうか。

走りながら、マックがいてくれますようにといのった。

まだ朝が早いせいか、人通りは少なかった。

新聞配達のバイクや、朝のジョギングをする人と、すれちがうくらいだった。

関《せき》さんの家は、どの窓《まど》にもカーテンが引かれ、駐車場《ちゅうしゃじょう》に面したガラス戸には、雨戸が立てられていた。

関《せき》さんが引《ひ》っ越《こ》して、それほど日がたってもいないのに、家はもう他人のようによそよそしく感じられた。

「マック」

ささやくように呼《よ》びながら、伸《の》び放題の雑草《ざっそう》を踏《ふ》みつけて、家のまわりを一周した。

ベランダには、ドッグフードを入れる、ステンレス製《せい》のうつわがころがっていた。

「マック！　マック！」

何度呼《よ》んでも、なんの気配もなかった。

床下《ゆかした》の換気口《かんきこう》ものぞいたけど、とてもマックがもぐり込《こ》めそうになかった。

ここにきていないとすれば、どこへ行ったのだろう。どこをさがせばいいのか、わからなかった。そのとき、

「おーい、シューイチ」

いきなり、だれかがぼくを呼《よ》んだ。

声のしたほうを見ると、T《ティー》シャツとジャージー姿《すがた》のリクだった。道路をはさん

だ、向かいがわの歩道で手をふっている。

どうしてリクが、こんな時間に？

リクも同じことを思ったらしい。

「こんな時間に、何やってんの。おまえも朝練？」

その場で足踏《あしぶ》みしながら、リクは首に巻《ま》いたタオルで、おでこの汗《あせ》をふいた。

「マックが……」

ぼくがそう言ったとたん、リクの足踏《あしぶ》みがとまった。すばやく、道路をわたってこっちへやってきた。

「マックがどうしたって？」

「いなくなった」

「は？　どういうことだよ」

「昨日《きのう》の夜……いなくなったんだ」

「昨日《きのう》の夜って、すげえ雨降《ふ》ってたじゃん。あんな雨の中を、いなくなったのか？」

「うん……」

「おまえ、マックに何したんだよ」

「いや、ぼくは、何も……」

「何もしなくて出ていくか？　あの雨の中だぞ」

「……」

「なんとか言えよ。おれは、おまえだったら、マックをあずけてもいいと思ったんだぞ。可愛《かわい》がってくれると、思ったんだぞ。おれの気もち、うらぎったのか！」

リクは、ぼくのえり首をつかんで、グイグイ詰《つ》め寄《よ》ってきた。く、苦しい。

「やめてよ！」

ぼくはリクの手をつかんで、必死で引き離《はな》した。

二人《ふたり》とも、大きく肩《かた》を上下させていた。

リクはぼくをにらみつけたまま、目をそらそうとしなかった。

分厚《ぶあつ》い雲が風に押《お》されて、鉛色《なまりいろ》の空からようやく日ざしが顔を出し始めた。

湿気《しっけ》をおびた風が、汗《あせ》ばんだぼくらの顔や首をなでていった。

ぼくが話し終わると、リクはすまなそうに頭をかいた。

「ごめん。わけも聞かないで責《せ》めたりして。そそっかしいって、よく言われるんだ」

ぼくらは、道路より一段《だん》高くなった舗道《ほどう》の端《はし》にすわっていた。

道路わきには、たっぷりと葉を茂《しげ》らせたケヤキの木が、ときどき昨日《きのう》の雨のしずくを、ポトリと肩《かた》や首すじに落としてくる。

「けど、おまえのお父さんもひでえなあ、昨日《きのう》みたいな夜にマックを追い出すなんて」

リクは口をとがらせて、悔《くや》しそうに言った。

「あいつ、昨日《きのう》どこで寝《ね》たんだろ」

そう言われると、胸《むね》がズキンとした。

「ごめん……」

「おまえがあやまることないじゃん」

「でも……ぼくがマックを飼《か》うって言ったんだから、責任《せきにん》はぼくにあるよ」

「なら、おれにも責任《せきにん》あるな。まだかまだかって、返事ずいぶん急《せ》かせたし」

もう朝練はやめにしたらしいリクが、急に目を光らせた。

「おい、たった今、おれ、すげえいいこと思いついたぞ」

「何？」

「おれたち二人《ふたり》でマックを飼《か》うんだよ」

「え？　どこで？」

「関《せき》さんの家だよ」

「あ……」

「でさ、おれとおまえが交代で、朝と夕方に散歩に連れ出して、えさと水を運ぶの」

だれにも文句《もんく》を言われずに、リクとぼくとでマックを飼《か》う。

「へえ、いいなあ、それ」

うっとりとした気もちになった。

「けど……マックを見つけるのが先じゃないの？」

「だよなぁ。あーあ、マック、どこに行ったんだろ」

リクは、両手を後頭部に置いて、大きくからだをのけぞらせた。

「腹《はら》へったぁ」

グウゥッと、リクの腹《はら》の虫が盛大《せいだい》に鳴いた。

そろそろ帰らないと、学校に遅刻《ちこく》してしまいそうだった。

13 にせ情報《じょうほう》

教室に足を踏《ふ》み入れたとたん、

「よお、トイレ王子」

佐伯《さえき》の声がとんできた。

「今日《きょう》の腹具合《はらぐあい》はどうよ」

「永野《ながの》のトイレ、予約しといてやるか」

すぐに吉田《よしだ》が、にやにやしながら言う。

こいつらは人をからかってよろこぶしか、能《のう》がないのか。

ぼくが佐伯《さえき》を無視《むし》して、自分の席に行こうとしたとき、「おーい、シューイチ」とぼくを呼《よ》ぶ声がした。声のほうを見ると、さっき別れたばかりのリクがろうかにいた。

「言いわすれたけどさあ、放課後、チャリでさがさねぇ？　もう少し遠くまで行けるじゃん」

声をはり上げて言った。

その場にいた子たちが、意外そうな目でぼくとリクを見ていた。

リクは、学校内ではサッカーの有名人らしい。そんなリクが、親し気《げ》にぼくを呼《よ》ぶのが、ふしぎでならないようだ。

おかげで、ぼくは注目の的《まと》になってしまった。わかったと言うように、ぼくはリクに大きくうなずいてみせた。

「じゃ、放課後、関《せき》さんちのまえでな」

リクが手を上げて走り去ると、

「おまえ、加瀬《かせ》と友だちなのか？」

佐伯《さえき》が、面白《おもしろ》くなさそうに聞いた。

「うん……まあ」

「おまえ、サッカーなんか、しねえじゃん」

「サッカーするだけが、友だちじゃないし」

ぼくが言うと、佐伯《さえき》は苦いものを飲み込《こ》んだみたいな顔をした。

「さがすって、何さがしてんだよ」

「犬……行方《ゆくえ》不明なんだ」

「ふうん、名まえは？」

「マック」

「へっ、ハンバーガーみたいな名まえだな」

佐伯《さえき》は鼻でせせら笑った。

学校が終わると、走って家にもどった。

玄関《げんかん》にランドセルを置いたまま、とび出そうとしたとき、お母さんがバタバタと出てきた。

「修《しゅう》ちゃん。ついさっき電話があったんだけど。中央商店街で、マックらしい犬を見たって」

「えっ、ほんと！」

パッと、目のまえが明るくなった。

そっか。マックは今朝《けさ》から何も食べてない。きっと、商店街の食べ物屋さんの、においにつられていったんだ。なんだ、どうしてもっと早く思いつかなかったんだろう。

「子どもの声みたいだったけど、名まえを聞いても言わなかったのよ。修《しゅう》ちゃんの知ってる子かしら」

「え？」

ヘンだなと思った。

マックが行方《ゆくえ》不明だと知っているのは、ぼくとリク以外にはいないのに。

あ、朝、学校で、佐伯《さえき》にしゃべったっけ。でも佐伯《さえき》は、うちの電話番号は知らないはずだ。

「とにかく、中央商店街に行ってみるよ」

中央商店街は、うちから自転車で五、六分の距離《きょり》だ。リクには、あとから説明すればいいだろう。

「これ、持っていきなさい」

お母さんが、自分のスマホを差し出した。ぼくのスマホは、中学校に入ってから買う約束だ。

「また電話がきたら、そっちにかけるように言うから」

ぼくは、ポケットにスマホをつっ込《こ》んで、自転車をすっとばした。

中央商店街は、むかしはにぎやかだったらしいけど、最近はシャッターを下ろした店が増《ふ》えて、人通りも少ない。

寝装店《しんそうてん》、薬局、化粧品店《けしょうひんてん》、ブティック、ベーカリー、洋菓子店《ようがしてん》、カレーショップ、酒屋、ラーメン店、かまぼこと惣菜《そうざい》の店、鮮魚店《せんぎょてん》。

数だけはそろっているけど、閑散《かんさん》としたアーケードを、ぼくは自転車を押《お》しながら、ゆっくりと歩いた。

マックが行くとしたら、鮮魚店《せんぎょてん》だろうか。

「すみません。このへんで犬を見かけませんでしたか？」

ザルに魚を盛《も》って、ガラスケースに並《なら》べているおじさんに声をかけた。

「犬？　へっ、こんなさびれたところには、犬だってこねえよ」

おじさんは、怒《おこ》ったみたいに言って、さっさと行きな、とばかりにあごをしゃくった。

「あのぉ、うす茶色の、このぐらいの犬、見かけませんでしたか」

ラーメン店、ベーカリー、かまぼこと惣菜《そうざい》の店でも聞いたけど、犬なんてこのへんじゃ見たことはないと言われた。

店頭の商品を並《なら》べた台の下をのぞいたり、積み上げたダンボールのうしろにまわってみたりした。どこにもいなかった。

犬を見かけたという人もいなかった。

電話をかけてきた子は、ほんとにマックを知っててかけてきたのだろうか。

そのとき、ポケットのスマホがふるえた。

たぶん、お母さんへの電話だと思った。

ためらいながら、画面をタッチした。

「あ、ぼ、ぼく、あの……」

意外だった。和希《かずき》の声だった。

「えっと、家に電話したら、おばさんがスマホの番号を教えてくれて」

「あ、うん、これ、お母さんのスマホなんだ。なんか用だったの」

「うん。さっき、ていうか、お昼休みに、永野《ながの》の電話番号教えろって、佐伯《さえき》に言われて……ごめん、教えちゃったんだ」

ああ、そうだったのか。

ガクンと肩《かた》の力がぬけた。

あいつらのしわざだったのか。

「よくわかんないけど、吉田《よしだ》とこそこそ相談してた。あいつら、なんかたくらんでいるのかもしれない。言っといたほうがいいと思って……」

「そっか、教えてくれてサンキュ」

「あの……いろいろ……ごめん」

気弱な声が聞こえて、電話は切れた。

ぼくはスマホをポケットにしまって、大きく何度も息を吸《す》った。

だまされたぼくがバカなんだ。

いくら自分に言い聞かせても、気もちは収《おさ》まらなかった。

和希《かずき》の気もちだけが救いだった。

ふと、このまえの無言電話を思い出した。

あれは、やっぱり和希《かずき》だったような気がした。

当たりまえだけど、関《せき》さんの家に行っても、リクはいなかった。

ベランダの床《ゆか》にすわり込《こ》んで、ひざをかかえた。関《せき》さんが知ったら、なんて言うだろう。

あんなに可愛《かわい》がってた犬だもの、ぼくにあずけたことを、後悔《こうかい》するだろうな。

もしかして、マックは関《せき》さんが恋《こい》しくて、関《せき》さんの新しい家を、さがしているんじゃないのかな。

けど、マックは方向音痴《おんち》だから、さがすよりまえに、迷子《まいご》になっているかもしれない。

おなかをすかせて、心細い思いをしてるかもしれない。ぼくの家にこないほうが、よかったのかもしれない。そんなことを考えていると、涙《なみだ》がにじんできた。ひざに顔をうずめてマックのことを考えているうち、疲《つか》れが出たのか知らぬまに眠《ねむ》っていたみたいだ。どのくらいたったのだろう。

「おい、きみ」

ふいに声をかけられて、え？　と顔を上げると、背《せ》の高いガッチリした人が、目のまえに立っていた。ビックリした。

「こんなところで、何してるんだね」

パトロール中のお巡《まわ》りさんだった。

よその家の庭に入り込《こ》んで、ベランダにすわり込《こ》んでいたら、不審者《ふしんしゃ》に思われて当然かもしれない。

「あ、あの」

なんて説明しようかと、言いよどんでいると、

「おれたち、迷子《まいご》の犬さがしてるんです」

お巡《まわ》りさんのうしろに、リクが立っていた。ホッとした。

「ここんちの犬だったんで、ここ中心にしてさがしてるんです」

「迷子犬《まいごけん》の捜索《そうさく》か。鑑札《かんさつ》はつけてたの？」

「あ、いいえ」

うなだれたまま、ぼくは首をよこにふった。

飼《か》い主《ぬし》が決まらないので、まだ新しい鑑札《かんさつ》はつけていない。

「そっか。それで、いつ迷子《まいご》になったの？」

お巡《まわ》りさんは、ぼくたちに、住所と名まえと連絡先《れんらくさき》を聞いて、手帳に書き込《こ》んだ。

「現在《げんざい》、届《とど》けがあるかどうか、交番に聞いてみるか」

そう言って、お巡《まわ》りさんがスマホを取り出した。

ドキドキした。どうかいますように。

「ああ、そうですか。いや、どうもお世話さまです」

スマホを切ると、お巡《まわ》りさんは首をふった。ガックリきた。

近くの駐在所《ちゅうざいしょ》にも聞いてくれたけど、保護《ほご》されている犬は、いないそうだ。

「だが、動物愛護《あいご》センターにアクセスすると、収容《しゅうよう》されている犬がわかるらしい」

乗りかかった船だ、とお巡《まわ》りさんはもう一度スマホを操作《そうさ》し始めた。

「どう？　この中にいる？」

スマホの画面に、犬と猫《ねこ》に関する情報《じょうほう》が項目《こうもく》別に掲載《けいさい》されて、写真も出てきた。

身を乗り出してのぞき込《こ》んだけど、ぜんぜんちがう犬ばっかりだった。どの犬も不安そうな目をして、こっちを見ていた。

ぼくらが首をよこにふると、お巡《まわ》りさんも残念そうな顔をした。

「そろそろ暗くなるから、今日《きょう》はもう帰ったほうがいいな」

お礼を言って、お巡《まわ》りさんと別れ、ぼくたちはそれぞれの自転車に乗った。

並《なら》んでペダルをこいでいたら、

「放課後、関《せき》さんちのまえでって言ったのに、どこ行ってたんだよ」

リクがちょっと怒《おこ》ったように言った。

「ごめん、マックらしい犬を、中央商店街で見たっていう電話があったんだ。そっちに行ってたから、おそくなって」

「なんだ、そっか。おれもマックが行きそうなところ、あちこち当たってみたけど……だめだった」

悔《くや》しさをにじませた声で言って、力なく息を吐《は》いた。

14　お父さんの心のシャッター

二階へ上がろうとしたら、居間《いま》のガラス戸の向こうに、お父さんの背中《せなか》が見えた。

庭のエゴノキの梢《こずえ》に、白い鈴《すず》のような花がびっしりとついている。

その木のよこに、お父さんはパジャマ姿《すがた》のまま、ぼんやりと立ちつくしていた。

会社……休んだのか。

今まで、よほどのことでもないかぎり、お父さんが休むことなんてなかった。

髪《かみ》の毛はいつ洗《あら》ったのかわからないくらいクシャクシャで、肩《かた》が落ちた背中《せなか》は丸くなっている。

日ざしがかげった庭先に立つお父さんは、ひどく年をとったように見えた。

こんなお父さんを見るのは、初めてだった。ずっとお父さんは、ぼくのまえに立ちはだかる壁《かべ》だった。ぼくは、いつも壁《かべ》のまえでビクビクしていた。

でも、今目のまえにいるお父さんは、弱々しくて、いつもよりひとまわりも小さく見える。

朝からの腹立《はら》たしい思いが、漠然《ばくぜん》とした不安へと変わっていった。


夕飯のとき、お父さんは食欲《しょくよく》がないと言って、食卓《しょくたく》に顔を出さなかった。

お母さんの話では、お父さんはからだに不調を感じて、病院で診察《しんさつ》を受けたそうだ。

検査《けんさ》の結果、心身ともに疲労《ひろう》がたまって、そのせいで、さまざまな症状《しょうじょう》が出ている。静養が必要だ、と言われたという。

「生真面目《きまじめ》で仕事熱心な人ほど、つまずいたときに、心が折れやすいっていうから心配だわ」

お母さんがつぶやいた。

「生真面目《きまじめ》？」

ぼくが疑《うたが》わしそうに聞き返すと、

「そうよ、修《しゅう》ちゃんが真面目《まじめ》なのは、お父さんゆずりだもの」

お母さんは、知らなかったの？　とふくみ笑いをしてぼくを見た。まさか！

電話で、大声で相手をののしって、自分の意見を押《お》し通そうとしたお父さん。どう見ても、ぼくには野蛮《やばん》で横暴《おうぼう》な人にしか見えなかった。ぼくとは、ぜんぜんタイプのちがう人だと思っていた。

「それにね」

ないしょ話をするように、お母さんは声をひそめた。

「子どものころのお父さんって、引《ひ》っ込《こ》み思案《じあん》で気弱な子だったって、すぐるさんが言ってたわ」

「えっ」

「人ってね、必要にせまられて、実際《じっさい》とはちがう自分のふりをすることがあるの。それがいつのまにか、ほんとの自分だと思うようになったりするのね。でも、何かのひょうしに、ひょっこりもとの自分が顔を出してしまうのよ」

「何かのひょうしって？」

「そうね、たとえば仕事の上で、こっぴどく批判《ひはん》されたり、攻撃《こうげき》されたり、かげで悪口を言われたり、ほかにもいろいろあるでしょうけど、もともと真面目《まじめ》な人が、まともにそれを受けとめていたら、心もからだももたないと思うの」

「今のお父さんが、そうなの？」

お母さんはうなずいた。

ぼくを見る、お父さんの冷ややかな目を思い出す。意気地《いくじ》のないやつだと、見下したような顔つきが頭をよぎる。

あのお父さんが、引《ひ》っ込《こ》み思案《じあん》で気弱だった？

「修《しゅう》ちゃんを見てると、むかしの自分を見ているような気がするんじゃないかしら」

お母さんは、ぼくの心の声が聞こえたみたいに言った。

「え？」

あのときのお父さんの目は、ぼくを見ていたんじゃなかったの？

ぼくの向こうにいる、お父さん自身を見ていたの？

「お父さんは、決して修《しゅう》ちゃんをきらってるわけじゃないのよ。自分と同じ性格《せいかく》の修《しゅう》ちゃんを見てると、なんていうか、はがゆくなるのかもしれないわね」

考えたこともなかった。

ぼくだって、こんな内向きの自分が大きらいだ。つらいことがあっても、悔《くや》しいことがあっても、自分の感情《かんじょう》を抑《おさ》え込《こ》んでしまう。

おなかのことを、みんなに笑われたり、からかわれたりすると、ひどく落ち込《こ》んでしまう。自分がつまらない人間だと思ってしまう。

おく病になった。だれとも、素直《すなお》に話ができなくなった。

だけど、お父さんも同じように苦しんでいたっていうの？

もしお父さんが、ちがう自分のふりをするうちに、ほんとの自分を閉《と》じ込《こ》めてしまったとしたら……。

光の差し込《こ》まない場所に、いるのだとしたら……。

「思いきってシャッターを上げなさい。まぶしいくらい光が差し込《こ》んでくるわよ」

関《せき》さんの声が聞こえた。

15 希望

次の日から、マックをさがすエリアを、関《せき》さんの家を中心にして、倍に広げることにした。ふだんは行かない駅の周辺や、路地裏《ろじうら》までさがした。

歩いている人に、こんな犬、見ませんでしたかと、片《かた》っぱしからたずねた。

どれも答えは同じだった。

山の稜線《りょうせん》が、うす桃色《ももいろ》に染《そ》まっている。

ぼくたちは、自転車を川原《かわら》にとめてすわり込《こ》んでいた。

リクは、昨日《きのう》からサッカーの練習を休んで、ぼくといっしょにマックをさがしていた。

「練習、いいの？」

ぼくのほうが心配になって聞いた。

「うーん、おれの代わりはいても、マックの代わりはいねえし」

リクは肩《かた》をすくめた。

「おまえも、けっこうガッツあるしな。ここでおれがあきらめるわけには、いかねえじゃん」

なんだか、リクに認《みと》められたような気がして、こそばゆい気分だった。

「それよりさ」

リクはちょっと顔をしかめた。

「おまえのクラスに、佐伯《さえき》っているだろ」

「うん」

イヤな予感がした。

「あいつさ、おれたちがやってるサッカーのチームに、入れてくれって言うんだ」

「そう」

「練習の合間にジュースを差し入れしたり、お菓子《かし》を持ってきたりするんだ。入りたくてしてるんだろうけど、基礎《きそ》がぜんぜんできてなくてさ。だから、もう少し基《き》礎《そ》を練習してからきてくれ、って言ったんだ。そしたら、永野《ながの》のことで、面白《おもしろ》いことを教えるから、コーチにたのんでくれって、おれにこっそり言うんだ」

「……」

「別にいいっていうのに、自分からべらべらしゃべりだしてさ」

心臓《しんぞう》がはげしく打ちだした。佐伯《さえき》は、ぼくのおなかのことをしゃべったんだ。リクはそれをどう思っただろう。聞くのがこわかった。

「仮《かり》にもスポーツをしようってやつがさ、人が困《こま》ってることをチクるなんて、サイテーじゃね？」

リクが顔をしかめてぼくを見た。

「けど、おまえ、おなかがわるいの？　おれ、ぜんぜん気がつかなかったけど」

こうなったら、しゃべってしまうしかないと思った。

「うん。朝、学校に行くまえとか、テストのまえとか、なんか緊張《きんちょう》することがあると、おなかが痛《いた》くなって……下痢《げり》するんだ。それも何回も」

言ってから、リクの顔をそっとぬすみ見た。

どんな反応《はんのう》をするだろうと不安だった。

「ふうん。デリケートなおなかだな。おれなんか、食べ過《す》ぎたときくらいだな、腹《はら》が痛《いた》くなるって」

リクらしい感想だった。

「授業中《じゅぎょうちゅう》でも、トイレにかけ込《こ》んだりするから、佐伯《さえき》たちにからかわれるんだ」

「それって、病気なのか？」

「病院では、ストレスが原因《げんいん》のおなかの病気だって」

「ストレスかぁ、だったらさぁ、楽しいことすればいいじゃん」

「楽しいことって、どんな？」

「そりゃ、いっぱいあるだろ。サッカー……はしないか、じゃあバスケとか、野球とか、水泳とか」

「ぼく、スポーツはあんまり……」

「そっか、じゃあゲームは？」

ぼくが首をよこにふると、絵は？　楽器は？　歌は？　と立て続けに聞いてくる。

ぼくは力なく首をふった。

「けど、なんかあるだろ」

あきらめきれないようにリクは言う。

あるとすれば、

「うーん、マックに本を読んでやることかな」

ポカッと口を開けて、リクは目をまんまるにした。

「へっ、マックのやつ、本を読むのか？」

「じいっと聞いてるよ。ちゃんとわかってるみたいに、ときどきうなずいたりしてる」

「マジかよ、もしかして、あいつ天才か」

「活字ばっかりよりり、絵本のほうが好きみたいだけどね」

「へえ」

リクの顔が笑いでいっぱいになった。

「今度、おれにも見せろよ、マックが本を読んでるところ」

「うん」

「ようし、こうなったら、絶対《ぜったい》マックを見つけようぜ」

こぶしでぼくの胸《むね》をたたいて言った。

「でも……たとえ見つかってもぼくんちじゃ」

リクが、急に神妙《しんみょう》な顔になった。

「ダメもとで、おれからも、おじさんにたのんでみるよ。マックがどうしてもおまえに必要なんだって」

「え」

「おまえの話だと、ちょっとこわそうだけど、当たってくだけろだ」

「ぼくのこと、バカにしないの？」

「おまえを？　どうして？」

「だって、佐伯《さえき》たちは……」

「あんなバカなやつら、ほっとけよ。おれたち、マック友《とも》じゃん。マック捜索《そうさく》チームじゃん。がっちり手組んでないと、マックは見つからねえよ。バカにするわけねえじゃん」

ワサビが鼻にきたみたいにツンとした。

「ん、待てよ、マック捜索《そうさく》チーム、うん、チーム・マックか。なあ、これよくね？」

「うん、いいね」

「よし、今日《きょう》からおれたちチーム・マックだ」

リクが手を出したので、ぼくはおずおずとその手をにぎった。リクの手が、ギュッとにぎり返してきた。力強い手だった。

「よし、そろそろ行こうぜ」

リクが立ち上がって、自転車にまたがった。

ぼくの心も、いっしょに立ち上がった気がした。

関《せき》さんが言ったように、ぼくは自分でシャッターを下ろして、閉《と》じこもっていたんだ。逃《に》げていたんだ。こんな強力な味方が、すぐそばにいたのに。

からだの内がわから、熱いものがわき上がってくるようだった。


川原《かわら》の土手をのぼったところで、グラウンドに寄《よ》っていくというリクと別れた。

自転車を走らせていると、まえから子犬を連れた女の子がやってくる。

道幅《みちはば》がせまいので、自転車をおりて端《はし》に寄《よ》せ、やりすごそうと待っていたら、

「あれ、永野《ながの》くん？」

声をかけられて、えっと顔を上げた。

桑原《くわはら》さんがぼくのまえにいた。

「あ、や、やあ」

「どうしたの？　こんなところまで。永野《ながの》くんちって、こっち？」

「あ、ううん。犬をさがしてるうちに、ここまできちゃったんだ」

桑原《くわはら》さんは首をかしげた。

「犬？　いなくなったの？」

「うん、逃《に》げられちゃった」

「そういえば、この子も逃《に》げ出したことあったな。家族みんなでさがしたけど見つからなくて。でも家に帰ってみたら、玄関《げんかん》のまえにいて、あたしたちを見て、どこ行ってたんだよ、みたいにキャンキャン鳴くの」

桑原《くわはら》さんはクスクス笑った。

つられて、ぼくも笑った。

クラスの女子と、こんなふうにふつうに話すのは、いつ以来だろう。

「あのね、ずっと言おうと思ってたんだけど」

桑原《くわはら》さんは、笑っていた顔をふっと引きしめた。まつ毛をふせて、足もとにじゃれついてくる犬に視線《しせん》を落としている。

ぼくは、桑原《くわはら》さんがまばたきをするたびに、その長いまつ毛が上下にゆれるのを、うっとりと見ていた。

だから、思いきったように桑原《くわはら》さんが顔を上げて、目が合ったときはあわててしまった。でも、桑原《くわはら》さんは、そんなことに気がついてないみたいだった。

「あたしのお兄ちゃんも、永野《ながの》くんみたいなおなかしてたんだ」

「え？」

「学校に行くまえになると、おなかが痛《いた》いってトイレにこもってた。毎朝トイレ占《せん》領《りょう》されて、あたしすっごく迷惑《めいわく》だったんだけど、考えてみたら本人はつらかったんだよね」

「……」

「でもね、受験が終わって高校に入ったら、いつのまにか治ったみたい。今はバスケ部に入って、練習漬《づ》けで悲鳴を上げてるよ。永野《ながの》くんも、そのうちきっと治ると思うよ」

そう言って、小さく笑った。

ポッと、胸《むね》に明かりがともったようだった。

ぼくと同じ症状《しょうじょう》の人がいた。しかも治った。それだけでもうれしかったけど、ぼくにそれを伝えてくれた、桑原《くわはら》さんの気もちはもっとうれしかった。

「もっと早く言いたかったけど、なんだか言いづらくて……」

佐伯《さえき》たちのいじめが、自分にも向けられると思ったのかもしれない。

でも、みんながぼくを笑ってたわけじゃなかった。気にしてくれてる人もいたんだ。

「うん、教えてくれてありがとう」

「あの……」

桑原《くわはら》さんはちょっと口ごもったけど、

「応援《おうえん》してるから、って、なんにもしてないのに、こんなこと言うのおかしいけど、でも負けないで」

しっかりした口調で言った。

「そう思ってる人、ほかにも何人もいるから」

「え」

ぼくがあんまり驚《おどろ》いて、言葉が出ないでいると、

「犬、見つかるといいね」

そう言うと、桑原《くわはら》さんは手をふって、子犬のリードを引いて帰っていった。

ぼくはぼうっとしてしまった。気もちが舞《ま》い上がって、今のことがほんとのことなのか、信じられないくらいだった。

苦痛《くつう》しかなかった教室の中に、希望のかけらを見つけた気がした。

今夜も、お父さんは夕飯はいらないと、部屋《へや》から出てこなかった。

三時ごろ、りんごとヨーグルトを食べたというけど、そんなものでおなかがふくれるのかな。

「お父さん、仕事に自信をなくして、なかなか立ち直れないみたいなの。今は、そっとしておくほうがいいと思うわ」

お母さんは、沈《しず》んだ声で言った。

お父さんの好物のギョーザが、手つかずのまま残っていた。

お父さんには、サポートしてくれる人がいるのだろうか。

それとも、ほんの少しまえのぼくみたいに、一人《ひとり》きりなのだろうか。

その夜、ぼくはランドセルからお守《まも》り袋《ぶくろ》をはずした。それを、すぐるおじさんにもらったCD《シーディー》といっしょに、紙袋《かみぶくろ》に入れた。

「気もちをやすめる効果《こうか》があります」と書いたメモを添《そ》えて、食卓《しょくたく》のお父さんがすわる場所に置いた。

16 言いたかった言葉

日曜日。

午前中いっぱい自転車を走らせたけど、手がかりはなかった。

もうマックは見つからないような気がした。

だけど、もう一度会いたかった。ぼくの読む本に、じっと耳をかたむけて聞いてくれるマック。もう一度だけでも会いたい。

「ああ、腹《はら》へったぁ」

キュルキュルキュルと、リクのおなかが悲鳴のような音を上げた。

水筒《すいとう》のお茶も空になったところで、チーム・マックも休けいにした。お昼を食べてから再開《さいかい》することにして、家にもどった。

自転車をうら庭にまわそうとして、空っぽのマックの小屋が目に入った。

ぼくに勇気があったら、マックは今もここにいたかもしれない。もっと自分の気もちを伝える努力をしていたら……。

自分の弱さが悔《くや》しかった。

お母さんは、買い物にでも行ったのか、姿《すがた》が見えなかった。

お父さんは、相変わらずパジャマのまま、ソファにもたれて目を閉《と》じていた。眠《ねむ》っているのだろうか。ガラス戸から入る日ざしが、お父さんの首筋《くびすじ》に当たっていた。

おだやかな表情《ひょうじょう》だった。

今なら言えるだろうか。

ずっと胸《むね》の奥《おく》にため込《こ》んでいた気もちを、伝えることができるだろうか。

いや、言わなくちゃいけない。今逃《に》げたら、ぼくはいつまでも弱い自分のままだ。

「お父さん」

ぼくが呼《よ》びかけると、お父さんはふっと目を開けた。ぼくを見ると、オッというようにまゆを上げた。

「ぼく……」

大きく息を吸《す》い込《こ》んで、こぶしをにぎりしめた。

「ずっとお父さんに、言いたいことがあったんだ」

頭の中で言葉をさがした。

「ぼく、お父さんに逆《さか》らうのがこわかった。いつもビクビクしながら、お父さんの顔色ばかり見ていた。お父さんに反対されたことは、みんなあきらめてきた。しかたがないって思ってきた。でも、もう逃《に》げるのはやめる」

ぼくの口調に、お父さんは驚《おどろ》いたように、何度もまばたきをした。

「……ぼくが、どんなにマックを飼《か》いたかったか、お父さん、知ってるでしょ。でもお父さんは反対した。飼《か》い主《ぬし》が見つかるまでは、置いておくって言ったのに、あんな雨の中に放してしまった。ひどいと思った。絶対《ぜったい》ゆるせないと思った」

細かく声がふるえだした。

「マックは、お父さんにはただの厄介者《やっかいもの》かもしれない。けど、ぼくにとっては、お父さん、お母さんと同じくらい大事な存在《そんざい》なんだ。弟みたいな……」

心臓《しんぞう》がのどからとび出しそうに打っている。

「もし、マックが見つかったら、ぼく……努力するから。夜中に吠《ほ》えたり、鳴き声を上げたりしないように、ちゃんとしつけるから……」

のどがからからで、声がかすれた。

「ぼくとお父さんが家族なら、ぼくのマックも家族にしてください。お願いします」

頭をさげた。涙《なみだ》がぼとぼと落ちた。

「それだけか」

お父さんの声がした。

「あ、あと……ちょっとでいいから、家族のほうを向いてほしい」

言いたかった言葉を、やっと吐《は》き出した気がした。気もちが高ぶって、涙《なみだ》といっしょに鼻水まで出てきた。

「修一《しゅういち》……おれは……」

お父さんが何か言おうとしたとき、電話が鳴った。お父さんが立ち上がって、もしもしと言ったあと、お母さんからだと、ぼくに受話器を差し出した。

鼻水をすすり上げて受話器を受け取ると、興奮《こうふん》した声が耳にとび込《こ》んできた。

「修《しゅう》ちゃん？　今ね、クリーニング屋さんにいるんだけど、ここのご主人がね、マックに似《に》た犬を見たって言われるの」

ビリビリッと、稲妻《いなずま》にからだを貫《つらぬ》かれたような気がした。

「えっ！　ど、どこで？」

「それがね、一昨日《おととい》の朝、お店を開けたら、すぐまえにいたらしいの。それこそびしょぬれで」

「うん、それで？」

「その日の夕方、女性《じょせい》がクリーニングした服を取りにきて、近ごろは平気で犬を捨《す》てる人がいる、なんて話をしてるうちに、その人が家に連れて帰るって言い出したんですって」

「えっ、家に連れてったの？」

「そうらしいわ。だから、今ご主人にたのんで、その女性《じょせい》に電話してもらってるところなの。あ、ちょっと待って」

お母さんの声と、男の人の声が聞こえるけど、話の内容《ないよう》までは、わからなかった。

しばらく待たされたあと、

「修《しゅう》ちゃん、あのね、その女性《じょせい》が、自分の家まで確認《かくにん》にきてくれますかって」

「うん、行く！　どこへでも行くよ」

いきおい込《こ》んで答えたあと、ハッとした。

マックは、うちでは飼《か》えないかもしれないんだ。

受話器を置くと、すぐリクに電話をかけた。

「ヒャッホー！」

リクの歓声《かんせい》が、ビンビン耳に響《ひび》いた。

「あ……けど……」

少しの間を置いて、リクが小さくつぶやいた。リクも、ぼくの家ではマックを飼《か》えないかもしれないと考えているんだ。

「うん、でもとりあえず行ってみようよ。どんな人なのか、会ってみないと」

「だよな」

もし、マックをその人にまかせるにしても、自分の目で確《たし》かめておきたかった。

リクも同じ思いなのだ。

お母さんが帰ってきたらすぐに、お母さんの運転する車で、リクを拾って女性《じょせい》の家に行くことになった。

お母さんも、ずっとマックをさがしてくれてたんだと思うと、胸《むね》がジンとした。

ぼくが玄関《げんかん》でお母さんを待っていたら、うしろで人の気配がした。ふり返ると、

パジャマじゃなくて、ちゃんとシャツとズボンを着たお父さんが立っていた。しかも、

「お父さんも行っていいか？」

だしぬけに言った。

「え？」

「電話で話してる声が聞こえたんでね」

「い、いいけど」

ビックリした。予想もしなかった。車のうしろに乗り込《こ》んだお父さんを見て、お母さんも目をパチクリさせた。

でも、いっしょに行って、どうするつもりなんだろう。お父さんの気もちが、さっぱりわからなかった。

リクはお父さんを見て、どう対応《たいおう》したらいいのか困《こま》っていた。うしろの座席《ざせき》で、窮屈《きゅうくつ》そうにお父さんと並《なら》んですわっていた。

17 思いがけないこと

その家には「及川《おいかわ》」と表札が出ていた。

インターホンのまえで、ぼくとリクが肩《かた》をつつき合っていたら、うしろからお母さんがさっとボタンを押《お》した。

「はい」

若《わか》い女性《じょせい》の声がした。

「さっきお電話さし上げた、永野《ながの》でございます」

お母さんが、かしこまって名乗った。

お待ちください、という声のあと、扉《とびら》が開いて女性《じょせい》が姿《すがた》を見せた瞬間《しゅんかん》、何かが弾《だん》丸《がん》のようにとび出してきた。

「マック！」

マックはぼくらを見ると、ダッシュで体当たりしてきた。所かまわずとびはね、まえ脚《あし》でぼくの胸《むね》にとびつき、ちぎれるくらいしっぽをふった。リクのほっぺたをなめ、鼻をなめ、口をなめ、それでも足りずにかん高い声を上げて、よろこびを爆《ばく》発《はつ》させた。

「まあまあ」

及川《おいかわ》さんは、ぼくたちとマックのようすを見て、あきれたように笑った。栗色《くりいろ》の長い髪《かみ》を一つに束ねて、耳にはピアスが光っている。黒いT《ティー》シャツとジーンズが、とても若々《わかわか》しかった。

「これじゃ、あなたたちが飼《か》い主《ぬし》にまちがいなさそうね」

そうです。まちがいありません。でも……。

ぼくとリクは顔を見合わせた。

「あの」

ぼくが話をしようと思ったとき、

「ひとつ聞いてもいいかしら？」

及川《おいかわ》さんが、ぼくとリクを見ながら言った。

「どうしてこの子は、あんな雨の中を逃《に》げ出したりしたのかしら。ひと晩中《ばんじゅう》、雨の中をウロついていたみたいよ。とても疲《つか》れたようすだったって、クリーニング屋さんも言ってたわ。そのへんをちゃんと説明してもらわないと、ああそうですかって、引きわたすわけにはいかないわ」

ぼくたちをとがめるような口ぶりだった。

「あ、それは……」

ぼくが言いよどんでいたら、

「わたしのせいなんです」

うしろから、いきなりお父さんが声を上げた。ぼくたちはびっくりして、お父さんのほうをふり返った。

「どういうことでしょう？」

及川《おいかわ》さんが首をかしげた。

お父さんは、大きく息を吸《す》い込《こ》んでから、ゆっくりと吐《は》き出した。

「少し、説明させてもらってもいいでしょうか？」

「ええ、じゃあ、入り口ではなんですから、中にどうぞ」

言われて中に入った。ぼくたち四人が入ると、玄関先《げんかんさき》はそれだけでぎゅうぎゅうになった。みんなが、それぞれ緊張《きんちょう》していた。

「初めてお会いする方に、こんな話をするのは恥《は》ずかしいのですが……」

お父さんは、首のうしろに手をやって、何度もまばたきをした。

「息子《むすこ》が、犬を飼《か》いたいと言い出したとき、わたしはそくざにはねつけました。わたし自身、犬が苦手でしたが、気の弱い息子《むすこ》が、ペットに逃《に》げ場《ば》を求めているようで、気に入らなかったんです。次の飼《か》い主《ぬし》が見つかるまでと、条件《じょうけん》をつけたものの、あの雨の晩《ばん》、こいつの鳴き声がどうにもうるさくて、無理やり、はげしい雨の中に放り出しました。正直に言うと、この犬がどうなろうと、かまわないと思っていたんです」

お父さんの言葉が胸《むね》に刺《さ》さった。

やっぱりそうか。

マックのことなど、どうでもよかったんだ。

ここまでついてきたのは、ぼくがマックを連れて帰るのを、止めるためだったんだ。

マックがじゃまだと、はっきり言うためだったんだ。

及川《おいかわ》さんは、まあひどい、というように、まゆをひそめて、両手を口元に当てた。

「ですが、この子たちは……」

お父さんは、ぼくとリクのほうを見た。

「毎日、いなくなった犬の行方《ゆくえ》をさがして、かけまわっていました。本気でこの犬のことを心配していました。だがわたしは、自分の仕事の悩《なや》みしか頭になくて、息子《むすこ》の気もちに向き合おうともしなかった。家族より仕事を優先させていたのです」

奥歯《おくば》をかみしめたように、お父さんのあごがぎゅっと盛《も》り上がった。

「ところが、わたしが心身の不調に苦しんでいることに気づくと、思いがけないことに、息子《むすこ》はわたしを思いやり、いたわりさえ見せました。息子《むすこ》の犬への思い、わたしに対していだいていた気もちを知るにつれ、わたし自身の身勝手さを、痛いほどに感じました」

お父さんは、恥《は》じ入るように目を伏《ふ》せた。

「気が小さくて、おく病で、小さいころのわたしに、そっくりだと思っていたが……」

お父さんは顔を上げて、まっすぐぼくを見た。

「いつのまにか、わたしよりずっと先を歩いていた」

ちょっとまぶしそうに目を細めて言った。

ドギマギした。どう受けとめたらいいのか、わからなかった。

「いや、失礼。よけいなことまでしゃべってしまいました。今、わたしにできることは、息子《むすこ》の手にこの犬を返してやることです。それをわたしからもお願いしたくて、ここへうかがいました。ご迷惑《めいわく》をおかけして、申しわけありません」

そう言うと、お父さんは腰《こし》を深く折って頭をさげた。

思いがけない展開《てんかい》に、ぼくは面くらった。

「ええっと、つまりこういうことでしょうか」

及川《おいかわ》さんが、口ごもりながら言った。

「マックは、責任《せきにん》を持ってご自宅《じたく》で飼《か》うと」

お父さんが、大きく首をたてにふった。

「ヤッタ！　あ、スミマセン。けど、あの、えっと、マックってすげえ可愛《かわい》いんです。おじさんも、絶対《ぜったい》好きになりますよ。おれ、保証《ほしょう》しますから」

リクがつっかえながらも、熱っぽく言った。

「そうなるといいね。わたしも努力しようと思ってるよ」

そう言って、お父さんがリクのほうを向きかけたとき、からだがぐらりとかたむいた。あわてて、ぼくとお母さんが支《ささ》えた。

「だいぶお疲《つか》れのようですね。ちょっとあがって、休んでいかれませんか？」

「いや、そんなご迷惑《めいわく》は」

「いいえ、マックが結んでくれたご縁《えん》だと思って、ご遠慮《えんりょ》なさらずに……」

「お父さん、そうさせていただきましょう」

お母さんが、背中《せなか》を支《ささ》えながら言った。

「じゃあ、ご親切に甘《あま》えさせてもらうかな」

お父さんとお母さん、ぼくとリク、それにマックがゾロゾロと家の中に入っていく。

笑いをこらえた顔で、リクがぼくにこぶしをかまえてみせた。

ぼくも口元がほころびるのを止められない。

ぼくたちは、コツンとこぶしをつき合わせて、とびっきりの笑顔をかわした。

明日《あした》から、マックはうちの飼《か》い犬《いぬ》になる。

好きなだけいっしょにいられる。

関《せき》さんの気もちも、うらぎらないですんだ。

それに、お父さんが、ぼくと向き合おうとしている。

「修《しゅう》ちゃんの気もちが、お父さんに届《とど》いたのね」

歩きながら、お母さんがささやいた。

胸《むね》がはち切れそうだった。

同時に、胸《むね》をふさいでいた大きなつかえが、スルスルとおりていくのを感じた。

案内されたのは、台所と居間《いま》を兼《か》ねた、こぢんまりとした部屋《へや》だった。

及川《おいかわ》さんは、お母さんと二人暮《ふたりぐ》らしだそうで、部屋《へや》にはやさしい雰囲気《ふんいき》が漂《ただよ》っていた。

今日《きょう》は、趣味《しゅみ》のコーラスの練習の日だそうで、お母さんは留守《るす》だった。

出窓《でまど》のよこに、ゆったりとした籐《とう》のいすとテーブルが置かれていて、ぼくたちはそのいすにすわった。お父さんも、ほっとしたようすでいすにもたれた。

興奮《こうふん》が収《おさ》まったマックが、お父さんのそばに行って、くんくんとにおいを嗅《か》いでいる。

おそるおそる、マックの頭をなでたお父さんの手を、マックがペロッとなめた。

ビクッと手を引っこめたお父さんを見て、ぼくたちは声を上げて笑った。

テーブルの真ん中には、むらさき色のアジサイが、花びんからはみ出しそうに生けられて、はなやかな雰囲気《ふんいき》を作りだしていた。

何気なく出窓《でまど》に目をやって、ぼくは自分の目が信じられなかった。

小さな写真立てがそこにあった。

紅葉《こうよう》した山を背景《はいけい》に、及川《おいかわ》さんが笑っている。そのよこに、寄《よ》り添《そ》うように立っているのは、なんとすぐるおじさんじゃないか。

「あ、あれ」

あわててぼくは写真立てを指さした。

「え？」

みんなが写真に目を向けた。

「あ！」

「ええっ！」

あっけにとられているところへ、及川《おいかわ》さんがお茶を運んできた。

「あ、あの、この写真は？」

お母さんが、動転したようすで聞いた。

「それは、去年の秋に、立山《たてやま》に登ったときの写真ですけど」

「いえ、そうじゃなくて、よこの男性《だんせい》は？」

「永野《ながの》さんですか？　それが何か？」

「それ、わたしの弟なんですよ」

お父さんが言った。

「え！　あ……そういえば、同じ名まえだとは思ったんですが、でもまさか……」

及川《おいかわ》さんが絶句《ぜっく》した。

「どうしたんだよ」

わけがわからないリクが、ぼくをつついた。

「うん、及川《おいかわ》さんは、お父さんの弟、つまりぼくのおじさんのガールフレンドってことが、たった今わかったんだ」

「へえ、そういうこともあるんだ」

リクも驚《おどろ》いている。

「じゃあ、きみが修一《しゅういち》くんね」

及川《おいかわ》さんがぼくを見て言った。

「えっ、どうしてぼくのことを？」

「おなかの弱い甥《おい》がいるって、すぐるさんが話してたのよ」

ちぇっ、おじさんのおしゃべり。

それからは、及川《おいかわ》さんとすぐるおじさんの話になり、二人《ふたり》が登山のサークルで知り合い、つい最近、結婚《けっこん》の約束をしたこともわかった。

おじさん、とうとう及川《おいかわ》さんのハートを射止《いと》めたんだ。ヤッタね。

「すぐるさんたら、そのうち彼女《かのじょ》を連れてくるって言ってたけど、こっちからきちゃったわけね」

お母さんが、はしゃいだように言うと、ころあいよく、マックがワンと吠《ほ》えた。

みんなが笑った。お父さんが笑うのを見たのは、何年ぶりだろう。

目を細めて笑うお父さんの横顔を見ていると、かたくなった心が、やわらかくほぐれていくのが見えるようだった。

ぼくの胸《むね》の底でわだかまっていた思いも、みるみる解《と》けていく。

代わりに、あたたかいものが満ちてきた。

胸《むね》が詰《つ》まりそうになった。

及川《おいかわ》さんは、下の名まえを美穂《みほ》さんといった。

おじさんのおしゃべりのおかげで、ぼくは美穂《みほ》さんに、おなかの相談をすることができた。美穂《みほ》さんは、病院に勤《つと》める栄養士さんで、ぼくのような症状《しょうじょう》をかかえる患者《かんじゃ》さんを、たくさん見てきたそうだ。

病気の原因《げんいん》は、ストレスもその一つだけど、ほかにもいくつもあって、はっきりとはしていないといわれてきた。

ところが最近、食事のとり方で、不快《ふかい》な症状《しょうじょう》をかなり改善《かいぜん》できるということが、わかってきたというのだ。

「やったじゃん」

リクがぼくのわき腹《ばら》をつついた。

うん、ほんとならサイコーだ。

朝、食事のあと、何度もトイレに通わなくてもよかったら、どんなに快適《かいてき》だろう。

美穂《みほ》さんが、参考にと一冊《さつ》の本をくれた。

出版《しゅっぱん》されたばかりの本で、ぼくのようなおなかの症状《しょうじょう》に悩《なや》む人に、どんなものを食べて、どんなものを避《さ》ければいいかという、新しい食事法が書かれているそうだ。

「修一《しゅういち》くんには、少しむずかしいかもしれないわね。まず、お母さんが読んで、それに合った調理をしてもらうといいかもしれない」

美穂《みほ》さんはそう言ったけど、ぼくは絶対《ぜったい》自分でも読もうと思った。

どうしてこんな症状《しょうじょう》が起きるのか、どうしたら起こさないですむのか、自分のからだのことを、しっかりと知っておきたいと思う。

18　RE《リ》・スタート

毎日、朝と夕方、ぼくはマックと散歩に出る。ときどき、少し足を延《の》ばして川原《かわら》まで行く。もしかしたら、子犬を連れた桑原《くわはら》さんに会えるかもしれないと、淡《あわ》い期待をしているけど、まだ会えたことはない。

この季節は、少し走っただけで汗《あせ》ばんで、シャツがじっとりとぬれてしまうほどだ。

朝の散歩から帰ると、シャワーを浴びて着替《きが》えをし、お母さんが用意してくれた食事を、ゆっくりととる。

食事法の第一歩は、まずおなかの調子を崩《くず》すとされる食品を、しばらくの間、すべて除《のぞ》いた食事を続ける。そのあと、自分のおなかの調子を注意深くみながら、除《のぞ》いた食品を一つひとつ取り入れていく。おなかに合う食品と合わない食品、食べてもいい量を慎重《しんちょう》に見きわめていくのだ。

とても根気のいる食事法だ。

しかも、今食べられないものでも、季節が変わったり、時間がたったりすると、食べられるようになることもあるという。

「給食のメニューにも、ちゃんと目を通して、自分でも判断《はんだん》できるようにするのよ」

とお母さんは言う。

もちろん、そのつもりだ。

食事のあと、おなかが痛《いた》くなることもなく、あわててトイレにかけ込《こ》むこともない。

ランドセルの底に、下着をしのばせる必要もなくなる。

そんな日がくるのならいくらでも努力しようと思う。

小さくちぢこまっていた心が、外に向かってグングン広がっていくような気分だった。

佐伯《さえき》と吉田《よしだ》は、相変わらずくだらないことを言って、ぼくをからかおうとする。けど、もうぼくには通用しない。

ぼくはもう一人《ひとり》じゃない。心強い味方だっている。

昨日《きのう》の朝、教室に入ると、机《つくえ》の上に本があった。『ヒカルの碁《ご》』というタイトルがついたマンガだった。

和希《かずき》が、仲直りをするきっかけを、さがしているんだと思った。面と向かって言うのが恥《は》ずかしくて、本を置いたのだろう。

無言電話をかけてきたのも、やっぱり和希《かずき》だったんじゃないかと思う。

これを読んだら、和希《かずき》に感想を伝えよう。

いっしょにマンガを読む楽しみが、復活《ふっかつ》するかもしれない。

お父さんは、会社に長期休暇願《きゅうかねがい》を出した。

からだの不調が改善《かいぜん》するまで、家でじっくり休養することにしたのだ。

会社での仕事も、自分なりに考えなおしてみたいと、お父さんは言った。

体力を取りもどすため、お父さんはウォーキングを始めた。少しずつ、食欲《しょくよく》ももどり始めている。夜は、ぼくがあげたＣＤ《シーディー》を聴《き》いている。お守《まも》り袋《ぶくろ》を、胸《むね》の内ポケットに入れているのも知っている。

それは、ぼくにとって、胸《むね》がはずむほどうれしいことだった。

おなかの調子がよくなったら、ぼくにはやりたいことがあった。

お父さんと、自転車でツーリングをするのだ。二人《ふたり》で自転車を走らせたら、もっとお互《たが》いの気もちが、近づくような気がする。

もう一つ。夏休みに、マックを連れて関《せき》さんに会いに行こうと、リクと計画している。

マックの元気なようすを見たら、関《せき》さんも安心するだろう。朝早くに出発すれば、歩いてでも往復《おうふく》できると思う。

チーム・マックは健在《けんざい》だ。

あれから一週間。

どうやら梅雨《つゆ》もあけたようだ。

今朝《けさ》はカラッとした青空が広がっている。

今日《きょう》はすぐるおじさんと美穂《みほ》さんの、婚約《こんやく》祝いの日だ。

お母さんが、どうしてもお祝いしたいと言い出して、わが家でパーティをすることになったんだ。

「ほんと言うとね、お父さんをもっと元気づけたい、っていう思惑《おもわく》もあるの」

お母さんはこっそりとぼくに言った。

「幸せな人たちに囲まれると、すりきれた感情《かんじょう》がうるおうんじゃないかと思って。とにかくみんなの笑顔《えがお》を見て、おいしいものを食べて、笑って、おしゃべりをして、楽しいことで心を満たしてほしいのよ」

みんなの力があれば、お父さんの心のシャッターもきっと上がる。いや、もう上がりかけている。

もちろん、ぼくの心も全開だ！

そしたら、家の中にまぶしいくらい光が差し込《こ》んでくる！

今日《きょう》ここが、ぼくたちみんなのＲＥ《リ》・スタート地点だ。

お母さんは、朝から料理にかかりきりだ。

ぼくにもお父さんにも、いっぱいお手伝《てつだ》いがまわってきた。

参加するのは、すぐるおじさんと美穂《みほ》さんと美穂《みほ》さんのお母さん、それにぼくのお父さんとお母さんと、リクとぼくとマック、総勢《そうぜい》七人と一匹《ぴき》だ。

表でマックが吠《ほ》える声が聞こえた。マックの声の調子からすると、リクが自転車でやってきたのだろう。続いて、車が停《と》まる音がした。

ぼくはみんなを迎《むか》えに玄関《げんかん》へ向かった。

ドアを大きく開けると、みんなの顔が笑っていた。

「やあ、いらっしゃい」

ぼくのうしろで、ひときわ大きな声が響《ひび》いた。


〈了〉

〈主な参考文献〉
『過敏性腸症候群の安心ごはん』松枝 啓・監修（女子栄養大学出版部）
『パン・豆類・ヨーグルト・りんごを食べてはいけません』江田 証・著（さくら舎）

〈作〉

朝比奈蓉子（あさひな　ようこ）

福岡県に生まれる。筑紫女学園短期大学英文科卒業。会社員や日本水泳連盟の水泳指導員を経て、飯田栄彦氏主催の読書会に参加。これを機に創作をはじめる。著書に、『わたしの苦手なあの子』『ゆいはぼくのおねえちゃん』（以上、ポプラ社）、『たたみの部屋の写真展』（偕成社）などがある。

〈絵〉

こより

1983年鹿児島県生まれ。挿絵画家。宮部みゆき・作「この世の春」（「週刊新潮」連載。後に同タイトル〈上・下巻〉で書籍化）ほか、書籍装画・挿画の分野で活動中。

もう逃《に》げない！

2018年10月4日　第1版第1刷発行

作　朝比奈蓉子
絵　こより
発行者　瀬津要
発行所　株式会社ＰＨＰ研究所

東京本部　〒135-8137　江東区豊洲5-6-52
児童書出版部　☎03-3520-9635（編集）
児童書普及部　☎03-3520-9634（販売）
京都本部　〒601-8411　京都市南区西九条北ノ内町11

PHP INTERFACE　https://www.php.co.jp/

制作協力
組版　株式会社PHPエディターズ・グループ
印刷所　凸版印刷株式会社
製本所　東京美術紙工協業組合

ISBN978-4-569-78803-6

NDC913　191P　20cm